그놈의 장미

SNS 폭력과 데이트 폭력에 맞선 한 중학생 이야기

그놈의 장미

박효명 장편소설

씨네스트

차 례

1. 만화 덕후와 평범하진 않은 인물

부리나케 교문을 빠져나왔지만 내가 타야 할 버스는 보이지 않았다. 저 멀리 엉덩이만 보이는 노란 승합차를 향해 소리쳤다.

"오~ 안 돼!"

흐드러지는 벚꽃 잎 아래로 떠나가는 자동차, 그걸 바라보며 안타까움에 절규하는 여자. 어젯밤에 본 드라마보다 더 드라마틱한 장면이었다.

"또또. 저거 너네 학원 버스 아니거든?"

말자가 고개를 절레절레 저었다. 물론 내가 타야 할 영어 학원 버스는 저렇게 작지도, 노란색도 아니다. 그렇다고 굳이 이 아련한 분위기를 깰 건 뭐람. 어떤 차든 어차피 놓친 건 마찬가지인데.

"김말자! 내가 빨리 끝내라고 했지?"

괜히 말자에게 큰소리를 쳤다. 말자는 황급히 내 입을 틀어막으며 주위를 두리번거렸다. 포동포동한 손에서는 짭조름하고도 시큼한 맛이 났다.

"한 번만 더 그렇게 부르면 다신 안 해 준다."

내가 고개를 끄덕일 때까지 말자는 손을 떼지 않았다.

"김유나라고 불러. 김.유.나."

말자는 제 가슴에 달린 초록색 이름표를 가리켰다.

"말자가 더 정감 있고 좋지 않아?"

"절대!"

말자가 진저리를 쳤다. '말자'라는 이름을 알게 된 건 학기 초였다. 순전히 우연이었지만 어쩌면 우연을 가장한 운명이었는지도 모르겠다.

학기 초에 담임이 가장 먼저 한 건 임시 반장을 뽑는 일이었다. 누구든 자원해도 좋다고 했지만 아무도 나서지 않았다.

"얘들아, 정말 아무도 없는 거니?"

담임은 교탁 앞자리에 앉은 나를 애절하게 바라봤다. 가슴이 두근거렸다. 학교를 배경으로 한 학원 드라마에 자주 나오는 장면이었다. 내가 그 드라마의 주인공이었다면 자신만만하게 나섰을 것이다. 하지만 현실이라는 드라마에서 평범하디평범한 내가 주인공이었던 적은 별로 없다.

은근슬쩍 담임 눈길을 피했지만 찜찜했다. 나에게 쏠린 반 애들 시선에서 '쟤가 안 한다고 해서 내가 하는 거 아냐?' 하는 걱정이 느껴졌다. 거절하면 애들에게 원망을 받는 건 물론이고 이기적인 애로 찍힐 것 같았다. 주인공이 아니라고 해서 꼭 악역을 맡을 필요는 없었다. 악역보다는 친구2나 같은 반 착한 애, 임시 반장이 더 나을지 모른다.

마지못해 고개를 끄덕이자 담임이 내 가슴에 달린 이름표를 힐끗거렸다.

"정새아 맞지? 정말 고마워."

담임이 활짝 웃었고 여기저기서 안도의 한숨이 새어 나왔다.

임시 반장의 주된 일은 수업 시작 전후로 인사를 하는 것과 담임 뒤치다꺼리였다. 대학교를 갓 졸업하고 부임한 담임은 의욕만 넘칠 뿐 굉장히 엉성했다. 주의가 산만했고 뭔가를 늘어놓거나 잃어버리기 일쑤였다. 그날도 마찬가지였다. 중요한 프린트물을 잃어버린 담임은 나에게 같이 찾아 달라고 부탁했다.

"거기만 찾아보고 없으면 그냥 가. 난 교무실에 가 볼게."

담임은 턱으로 자기 책상을 가리키고는 교실 밖으로 나갔다. 책상 위는 담임이 어질러 놓은 종이로 가득했다. 여기가 돼지우린지 뭔지 모르겠다는 우리 할머니, 윤옥자 여사 목소리가 귓가에서 울렸다. 휴. 16년째 윤 여사 잔소리를 듣다 보면 종종 이런 증세가 나타나곤 했다. 잔소리 증후군이라고나 할까?

"손이 많이 가는 스따일이야."

책상 위에 있는 종이들을 대충 추리자 맨 아래 깔려 있던 수첩이 모습을 드러냈다. 펼쳐진 수첩에는 우리 반 애들의 특이 사항 같은 게 잔뜩 적혀 있었다. 읽다 보니 특이 사항이라기보다는 신변잡기에 가까웠다.

"빨간색을 좋아하는 것 같음? 이런 건 왜 적어 놓은 거야, 참나."

수첩을 덮으려는데 '김말자'라는 이름이 눈에 들어왔다.

"무슨 엄마 이름까지 있어. 스토커야?"

몇 줄 더 읽어 보고야 알았다. 김말자가 내 짝 김유나의 개명 전 이름이라는 사실을. 김유나는 중3이 되는 새 학기에 맞춰 지방에서 이사를 온 애였는데 서울로 오면서 아예 이름까지 바꾼 모양이었다.

"말자? 김말자?"

몇 번 더 그 이름을 불러 봤다. 짧은 커트 머리에 살집이 있고 푸근한 인상의 그 애에게는 유나보다는 말자가 더 어울리는 듯했다. 하지만 말자는 세련과는 거리가 멀었고, 놀림거리가 되기에도 충분한 이름이었다. 왜 개명을 했는지 알 것 같았다.

쿵쿵 울리는 발소리와 함께 누군가가 내 앞으로 빠르게 다가왔다.

"내 비밀을 알았으니 죽어 줘야겠어."

말자가 내 목을 향해 두툼한 손을 뻗었다.

"너 뭐 잘못 먹었냐?"

"어? 안 먹히네?"

멋쩍게 웃으며 말자가 손을 거뒀다.

"비밀은 지켜 주길 바란다, 정새아."

비밀이라는 말에 한순간 첩보 드라마가 머릿속을 스쳤다. 하지만 이건 그런 드라마에 나오는 독극물, 인체 실험, 전쟁, 스파이 같은 비밀의 발뒤꿈치도 못 따라가는 사안이었다. 내 머릿속에 잠시나마 스친 생각은 고이 접어 두기로 했다.

"생각보다 영리하군. 비밀에는 대가가 따르는 법이지. 좋아. 내가 떡볶이 쏠게. 콜?"

말자는 내 대답은 듣지도 않고 제 책상 서랍을 뒤적이

기 시작했다. 책상 서랍에서 나온 두꺼운 책들이 말자 손에 들린 에코백으로 하나둘 옮겨졌다.

"됐다. 가자."

말자의 손짓에 나는 순순히 따라나섰다. 딱히 말자랑 떡볶이를 먹고 싶은 건 아니지만 먹어도 먹어도 배고픈 중3은 절대 공짜 떡볶이를 마다하지 않는 법. 물론 담임 뒤치다꺼리를 그만 끝내고 싶은 마음도 있었다.

말자는 나를 학교에서 꽤 떨어진 분식집으로 데려갔다. 비밀 결사는 남들 눈에 띄면 안 된다는 말과 함께.

"사실…… 난 만화 덕후야."

입가에 떡볶이 소스를 잔뜩 묻힌 말자가 비장한 얼굴로 고백했다.

"그래 보여."

"헉. 어떻게 알았지?"

"아까 서랍에서 챙긴 거 만화책 아냐?"

"그것까지 파악한 건가? 역시 평범한 인물은 아니군."

평범하지 않다는 말에 홀린 듯 말자를 바라봤다.

둥글납작한 얼굴에 작지는 않지만 가로로 길게 찢어진 눈, 어깨에 닿을 듯 말 듯 어중간한 머리 길이, 눈썹 바로 위까지 오는 길지도 짧지도 않은 앞머리, 160에서 1㎝ 모자란 키에 반에서 딱 중간인 성적까지. 뭐 하나 특출한 것 없이 평범하디평범한 애. 그게 바로 나였다. 그나마 이름이 지영이, 미경이보다는 덜 평범하고 덜 흔한 게 위안이라면 위안이었다.

평범한 게 가장 좋은 거라고들 말하는데 절대 아니다. 그건 이도 저도 아닌 어중간함을 듣기 좋게 포장한 말일 뿐이다. 우리 부모님만 해도 그랬다. 엄마는 중간쯤인 평범한 내 등수가 불만이었고, 아빠는 내가 연예인이 되기 힘든 평범한 외모인 걸 안타까워했다.

부모님의 불만을 생각하면 '어이가 없네~'라는 영화 대사가 절로 떠오른다. 대부분의 부모는 자식의 성적과 등수에 연연하니 그건 그렇다고 치자. 하지만 자식의 외모에 연연하는 부모는 드물지 않나? 아빠의 유일한 자식인 나는 아빠의 유전자를 빼닮아 너무도 평범한 외모를 가졌다. 성형외과 의사 눈에는 평범한 외모는 최악의 외모와도 같은 말인 듯했다. 내 평범한 외모가 왜 그토록 안타깝고 슬픈 일인지는 아직도 잘 모르겠다. 아빠의 직업을 차치하더라도 말이다. 어쨌든 나는 그렇게 암묵적으로 못난 아이로 자랐다. 성적이라도 좋았다면 모든 게 상쇄되었겠지만 외모도 성적도 나를 구제하지는 못했다.

"뭘 그렇게 봐? 덕후 처음 봐? 그렇게 이상해?"

"아니. 취미가 다른 게 이상한 건 아니지."

스스로를 덕후라고 하는 사람은 처음 보지만 이상할 건 없었다. 나 역시 드라마에 푹 빠져 사는 사람이었으니까.

"오~ 너 맘에 든다. 앞으로 친하게 지내보자고."

말자는 기분이라며 떡볶이 1인분과 튀김 1인분을 추가했다.

분식집을 나온 우리는 편의점이며 놀이터로 옮겨가며 많은 얘기를 나눴다. 누군가와 그렇게 오랫동안 얘기를 나눈 건 오랜만이고, 누군가와 그렇게 순식간에 친해진 건 처음이었다. 그것만으로도 말자와 절친이 될 이유는 충분했는데 헤어지기 직전에는 운명까지 느꼈다. 말자가 컴퓨터 프로그래밍과 포토샵 실력이 수준급이라는 사실을 알고 난 뒤였다. 나에게 너무도 필요한 그 능력을 말자가 가지고 있다니! 이건 운명이 아닐 수가 없었다.

그날 이후 말자는 그 특별하고도 은혜로운 능력으로 내가 부탁한 걸 뚝딱 만들어 주곤 했다. 내 똥손으로는 절대 만들 수 없는 것들이었다.

그 특별한 김말자 때문에 학원 버스를 놓칠 줄이야. 오늘도 내가 부탁한 걸 만드느라 그런 거니까 할 말은 없지만서도.

"일단 뛰어!"

막무가내로 말자 손을 끌어당겼다. 말자가 어어 거리며 나를 따라 뛰기 시작했다. 우리가 내딛는 걸음걸음마다 벚꽃 잎들이 짓이겨졌다. 짓이겨진 잎들 때문에 보도블록은 점점 더러워졌다.

"오늘은 그냥 째."

말자가 멈춰 서자 나도 그 자리에 설 수밖에 없었다. 나에게 잡힌 손을 빼 낸 말자는 천식 환자처럼 쌕쌕 숨을 몰아쉬었다.

"말도 안 되는 소리 한다. 그럼 은호 님은 언제 보냐?"

은호 님, 나의 서은호 님은 우리 학교 최고 스타이자 우상이었다. 얼굴, 키, 성격, 성적, 매너…… 뭐 하나 빠지는 게 없는 완벽한 남자라고나 할까? 그런 은호 님을 학교에서 실컷 보면 좋으련만 그건 불가능에 가까웠다.

우리 학교는 무늬만 남녀 공학이었다. 남자반, 여자반으로 나눈 건 그렇다 쳐도 아예 건물까지 따로 썼다. 가끔 강당이나 급식실에서 은호를 마주쳤지만 자세히 보는 건 꿈도 못 꿨다. 다른 애들 역시 어떻게든 그 애를 보려고 안달이었기 때문에 경쟁이 치열했다. 그렇기에 영어 학원에서 은호와 같은 반인 건 정말이지 최고의 행운이었다. 운이 좋아 그 애 대각선 뒷자리에라도 앉는 날이면 더 바랄 게 없었다. 수업 시간 내내 그 애를 훔쳐볼 수 있는 그 자리 역시 경쟁이 치열하긴 마찬가지였지만.

다시 말자를 잡아당겼다.

"더는 못 가."

말자가 내 손을 뿌리쳤다. 말자는 걷기 싫어서 버티는 대형견처럼 꼼짝도 안 했다. 생각해 보니 같은 학원에 다니지도 않는 말자까지 뛸 필요는 없었다.

"알았어. 아까 만들던 거 완성하면 바로 나한테 보내. 꼭!"

말자에게 신신당부를 하고 지하철역을 향해 뛰었다. 숨이 찼지만 속도를 늦추지 않았다. 지각하면 은호를 볼 시간이 그만큼 줄어들었다. 그 어느 때보다 열심히 달리고 또 달렸다.

2. 조금 더 나은 사람이 된다는 것

지하철역 앞은 사람들로 붐비고 있었다. 등교 시간에는 출근하는 사람들까지 몰려 복잡하지만 하교 시간에 이 정도로 사람이 많은 건 처음 봤다.

"좀 지나갑시다."

"누군 한가해서 이러는 줄 알아요?"

3번 출구 앞에서 두 사람이 언성을 높이고 있었다. 두꺼운 안경을 낀 아저씨와 천으로 된 시장 가방을 든 아줌마였다.

"잠시만요."

두 사람 사이를 간신히 비집고 앞으로 나아갔지만 역 안으로 들어가지는 못했다. 두 사람 말고도 많은 사람들이 출구 앞을 꽉 메우고 있었다.

"빨리 가야 되는데."

핸드폰 시계를 들여다봤다. 영어 수업 시작까지 남은 시간은 20분. 지하철을 타러 가는데 5분, 지하철을 타고 8분, 내려서 학원까지 5분. 시간이 빠듯했다. 교복 치마 주머니에 핸드폰을 넣으며 까치발로 사람들 틈을 기웃거렸다. 빽빽하게 서 있는 사람들을 보자 한숨부터 나왔다.

"지각하면 끝장인데."

엄마에게 출결 문자가 가는 것보다 더 심각한 문제가 있었다. 지각생은 교실 앞으로 나가서 왜 늦었는지 이유를 말해야 했다.

머릿속으로 칠판 앞에 서 있는 나를 그려봤다. 그런 나를 보며 은호는 무슨 생각을 할까? 나를 어떻게 생각할까? 드라마에서라면 은호는 나를 보면서 사랑의 시작이라고도 할 수 있는 연민의 감정을 느끼거나 '선생님, 정말 너무하시네요.' 같은 대사를 읊으며 내 손을 잡고 교실 밖으로 뛰쳐나갈 것이다. 하지만 현실은 절대 드라마와 같을 수 없는 법. 은호에게 그런 꼴을 보여서 좋을 건 하나도 없었다.

다시 한번 까치발을 했다. 역 앞까지 어떻게 갈지 시뮬레이션을 하기 위해서였다. 머릿속 캐릭터가 역 앞에 도착하는 순간, 실재 역 앞에 놓여 있는 뭔가가 눈에 들어왔다.

"저 더러운 보따린 뭐야?"

하여튼 요즘 것들은 치울 줄 모른다는 윤 여사 목소리
가 귓가에 맴돌았다. 휴, 이놈의 잔소리 증후군. 보따리
를 치울까 말까 고민됐다. 윤 여사라면 분명 치우라고 했
을 텐데……. 윤 여사 잔소리에 길들여진 게 확실하다.

"119 불러야 하는 거 아닌가?"

누군가 보따리를 가리키며 중얼거렸다. 웬 119? 보따
리에 폭탄이라도 들었나?

유심히 살펴보니 그건 보따리가 아니라 한여름에나
입을 법한 얇은 모시 한복을 입은 할머니였다. 한때 새하
얬을 한복은 흙과 구정물이 잔뜩 묻어 더는 하얀색으로
보이지 않았다. 얇고 더러운 옷을 입은 할머니는 미동도
없이 엎드려 있었다.

"아휴, 어떡한대?"

"누가 좀 도와드리지……."

사람들은 할머니를 걱정하면서도 누구 하나 할머니
곁으로 다가가진 않았다. 나 역시 멀찍이서 지켜보기만
했다. 선뜻 나서서 누군가를 돕는 게 꺼려지는 세상이었
다. 좋은 마음으로 도왔다가 덤터기 쓰는 일이 적지 않
았다. 누군가를 도와줬는데 오히려 가해자로 몰리는 일

도 있고, 돕는 과정에서 물건이라도 망가지면 내가 변상
해야 할지도 몰랐다. 그런 이유로 누군가를 돕지 않는 게
매정해 보일지도 모르지만 이상과 현실은 다르다. 드라
마와 현실이 다른 것처럼.

엄마는 늘 말했다. 괜히 골치 아픈 일에 휘말리지도,
다른 사람 일에 나서지도 말라고. 그 말이 완전히 틀렸다
고는 생각하지 않는다. 하지만 윤 여사라면 생각이 달랐
을 것이다. 윤 여사는 어서 도와드리라며 내 등을 떠밀었
을 게 분명하다. 괜히 등짝이 따끔거렸다.

어쩌면 좋을지 골똘히 생각하는데 온몸으로 엄청난
힘이 전해졌다. 그 힘을 견디지 못해 내 몸이 옆으로 튕
겨 나갔고, 그와 동시에 내 입도 뭔가를 뱉어 냈다.

"아, 씨발."

나를 민 범인을 찾으려고 주위를 두리번거리는데 싸
한 기분이 들었다. 조금 전까지만 해도 웅성대던 사람
들이 너무도 조용했다. 사람들 눈치를 살폈다. 입을 다
문 사람들은 모두 한곳을 보고 있었다. 그들이 바라보는
건…… 나였다.

얼굴이 확 달아올랐다. 누군가에게 주목받는 것이 익
숙하지 않았다. 지금껏 눈에 안 띄게 묻어가며 조용하고
도 무난하게 살아왔다. 일부러 그런 건 아니고 평범하디

평범한 나에게는 다른 사람 눈에 띌 일 자체가 별로 없었다. 16년을 사는 동안 내내 그랬다.

"아이고~."

할머니가 힘겹게 고개를 들었다. 그제야 알았다, 내가 쓰러진 할머니 옆에 바짝 붙어 서 있었다는 사실을.

주름이 자글자글한 할머니가 입술을 파르르 떨었다. 순간 할머니 얼굴에 우리 윤 여사 얼굴이 겹쳐 보였다. 바쁜 엄마 아빠를 대신해 어렸을 때부터 나를 키워 주고, 엄마 아빠보다 잔소리도 더 많이 하는 윤 여사. 유치원 재롱잔치 때 사탕 꽃다발을 들고 온 사람도, 소풍이나 수학여행 때 내 도시락을 싸 준 사람도 모두 윤 여사였다. 이런저런 이유로 내 등짝을 내리치는 것 역시 윤 여사 몫이었다.

윤 여사 얼굴이 떠오르자 못 본 척 지나치기가 힘들었다. 우리 윤 여사가 길거리에서 이런 일을 당하면 어떨까? 아무도 도와주지 않고 멀뚱멀뚱 쳐다보기만 한다면 말이다. 상상만으로도 아찔했다.

"괜찮으세요?"

할머니 앞에 쭈그려 앉았다. 쓰레기통에서나 날 것 같은 냄새가 코를 찔렀다. 썩은 달걀 냄새에 가깝다고 생각한 순간 헛구역질이 났다. 뒷걸음질 치려는 내 귓가에 목소리가 들려왔다. 여기서 도망치면 사람도 아니라고, 내 손녀도 아니라고. 아, 이 죽일 놈의 잔소리 증후군!

"할머니, 제 어깨 잡으실 수 있겠어요?"

할머니가 앓는 소리를 내며 힘겹게 팔을 들어 올렸다. 배래가 좁은 개량 한복 소맷부리에서 풀어진 지저분한 올들이 밑으로 축 처졌다. 실밥이 다 풀릴 정도로 낡은 옷을 보니 괜히 코끝이 찡해 왔다.

"천천히 일어나 보세요. 저한테 기대시고요."

할머니 팔을 내 양쪽 어깨에 하나씩 얹은 후 할머니 허리를 감싸 안았다. 냄새 때문에 머리가 아팠지만 참는 수밖에. 으쌰 기합과 함께 두 손에 힘을 주어 할머니를 일으켰다. 처음에는 뒤뚱거리던 할머니가 같은 동작을 몇 번 반복하자 구부정하게나마 일어설 수 있게 되었다. 할머니가 일어서기만을 기다렸다는 듯 일제히 박수가 터져 나왔고 누군가는 휘파람까지 불었다. 사람들에게 환대받는 것에 익숙하지 않은 나는 고개를 푹 숙이고는 묵묵히 할머니만 부축했다.

할머니와 나는 조금씩 앞으로 나아갔다. 할머니가 제대로 몸을 가누지 못하는 탓에 한 걸음 걷고 한 번 쉬기를 반복하며 느릿느릿 지하철역 안으로 들어갔다. 그때까지도 사람들은 박수를 멈추지 않았다.

우리는 역사 구석으로 갔다. '만남의 광장'이라는 팻말이 붙은 곳은 거창한 이름과는 다르게 페인트칠이 벗겨진 의자들만 죽 늘어서 있었다.

"할머니, 댁이 어디세요?"

할머니는 아무 대답 없이 나를 바라보기만 했다. 사실 나를 보고 있는지도 확실하지 않았다. 짙은 회색빛에 가까운 탁한 눈동자에는 초점이라고는 없어 보였다. 할머니가 정신을 놓거나 쓰러지면 어쩌나 겁이 덜컥 났다. 그렇게 된다면 더는 도울 자신이 없었다. 지금이라도 도망가는 게 나을지 몰랐다.

"정말 착하기도 하네요."

천으로 된 시장 가방을 든 아줌마와

"며느리 삼았으면 딱 좋겠구먼."

두꺼운 안경을 낀 아저씨였다. 아까 3번 출구 앞에서는 서로 언성을 높이더니 이제는 친한 사이인 양 다정하게 대화를 나누고 있었다. 그것도 나를 바라보며 말이다. 그리고 보니 몇몇 사람들이 아직도 할머니와 나를 주시하고 있었는데 그건 도망가기 글렀다는 뜻이기도 했다.

"실례 좀 할게요."

할머니 치마를 더듬거리며 핸드폰을 찾았다. 최대한 치마에 묻어 있는 얼룩을 건드리지 않으려 노력했지만 뜻대로 되지는 않았다. 혹시 배설물은 아닐까 신경 쓰였지만 어쩔 수 없는 노릇이었다. 여기서 시간만 보내고 있을 수는 없는 거니까. 다행히 치마 주머니에서 핸드폰이 나왔고 주소록에서 할머니네 집 전화번호를 찾아낼 수 있었다.

통화를 끝내고 얼마 지나지 않았을 때였다. 앞머리가 반 정도 벗겨진 쉰 살쯤 되어 보이는 아저씨가 허겁지겁 우리 앞으로 달려왔다.

"어머니!"

한쪽은 슬리퍼를 다른 한쪽은 운동화를 신은 아저씨는 꺽꺽 소리 내며 울었다. 할머니는 아저씨를 오빠라고 부르며 아저씨보다 더 큰 소리로 울부짖었다. 나이 든 아저씨와 더 나이 든 할머니는 그렇게 서로 기대어 눈물을 흘렸다. 그 눈물은 내가 더 슬프다는 표현 같기도 하고, 상대방이 불쌍하다는 뜻처럼 보이기도 했다.

먼저 울음을 그친 건 아저씨였다. 소매로 눈가를 닦아 낸 아저씨는 할머니 등을 토닥토닥 두드려 주었다. 무서운 꿈을 꿨을 때 윤 여사가 나를 달래 주던 손길과 다르지 않아 보였다. 윤 여사 손길이 닿은 것처럼 등이 따끈따끈해지는 기분이었다.

"너무너무 고마워요. 저희 어머니가 치매……."

목이 메는지 말을 맺지 못한 아저씨는 나를 향해 연거푸 허리를 반으로 접었다. 그러지 마시라고 몇 번이나 애원하고 나서야 아저씨는 접은 허리를 똑바로 폈다. 바로 선 아저씨는 꼭 사례하고 싶다며 연락처를 물어 왔다.

"아니에요. 당연히 해야 할 일인데요, 뭘."

반사적으로 튀어나온 말이었다.

"꼭 보답하고 싶어서 그래요."

"정말 괜찮아요. 그만 가 보겠습니다."

재빨리 돌아선 나는 지하철을 타기 위해 개찰구로 향했다.

"학생, 학생!"

아저씨가 계속 불렀지만 끝까지 뒤돌아보지 않았다. 빠르게 교통카드를 찍고 개찰구 안으로 들어갔다.

플랫폼으로 연결된 계단을 내려가는데 비실비실 웃음이 새어 나왔다. 좋은 일을 했다는 생각에 가슴이 벅차올랐다. 이 가슴 벅찬 기분을 누군가와 나누고 싶었다.

교복 치마 주머니에서 핸드폰을 꺼내 통화 버튼을 눌렀다. 신호음이 몇 번 가더니 전화를 받을 수 없다는 음성이 흘러나왔다. 말자가 전화를 받지 않으니 남은 건 민주뿐이었다. 말자 말을 빌리자면 내 여자 단짝은 말자고, 남자 단짝은 민주였다. 나는 단짝을 그런 식으로 나누는 건 유치하다고 말했지만 말자는 그게 공평하다고 우겼다.

민주 번호를 눌렀다. 신호음이 떨어지기도 전에 수화기에서 민주 목소리가 흘러나왔다.

"나 지금 전화 못 받아."

민주는 조용조용 속삭이고는 전화를 끊었다. 하필 이런 때에 말자도 민주도 연락이 닿지 않는다니. 핸드폰을 치마 주머니에 집어넣는데 경쾌한 음악 소리와 함께 지하철이 플랫폼으로 들어왔다. 아쉬운 마음은 잠시 접어 둔 채 가벼운 발걸음으로 지하철에 올라탔다.

정확히 13분 뒤 학원에 도착했고 당연히 지각이었다. 수업이 다 끝나고 도착했으니 결석이라고 하는 게 더 정확하겠다. 수업을 마치고 나오는 은호 얼굴이라도 볼까 싶어 기다리려는데 당장 집으로 오라는 엄마의 불호령이 떨어졌다. 은호 얼굴은커녕 즉시 집으로 달려갈 수밖에 없었다.

집에 도착하자마자 엄마의 잔소리 폭탄을 맞은 건 어쩌면 당연했다. 잔소리는 '그 학원이 얼마짜린 줄 알아?'로 시작해 '다 너 잘되라고 이러는 거야.'라는 말로 끝났다. 여기서 잘된다는 건 좋은 대학에 가서 좋은 회사에 취직해야 한다는 의미였다. 엄마는 그게 다 나를 위해서라고 했지만 내가 보기에는 엄마의 욕심을 위해서였다.

좋은 대학, 좋은 회사에 다니는 딸을 두었다는 과시욕을
채우기 위함이었다.

　엄마는 내가 왜 늦었는지 이유는 듣지도 않고 계속해
서 짜증을 부리고 화만 냈다. 내가 그렇게 잘못한 것인지
오늘 일을 다시 곱씹어 봤다. 아무리 생각해도 내가 한
행동을 후회하진 않는다. 그 일 덕분에 조금 더 나은 사
람이 된 것 같았으니까. 엄마에게 혼난 건 속상하지만 그
런 걸 견뎌야지만 더 나은 사람이 될 수 있는 건지도 모
른다. 그렇게 생각하자 속상한 마음이 조금씩 사그라들
었다. 속상함이 지워진 자리에는 뿌듯함이 들어찼다.

　지하철역에서 일어난 일은 그렇게 끝이 났다. 엄마가
쏟아 낸 화와 나 혼자만의 뿌듯함을 남기고. 아니, 그렇
게 끝이 난 줄로만 알았다.

3. 지하철 선행 여중생

　등굣길 내내 핸드폰을 들여다봤다. 어제 지하철역으로 가는 길에 헤어지고부터 말자와 연락이 되지 않았다. 전화도 안 받고 메시지에 답도 없었다. 내가 부탁한 걸 만들 때면 종종 있는 일이지만 이번에는 유독 신경이 쓰였다. 완벽주의자인 말자이기에 놔두면 알아서 만족스러운 결과물을 가져올 것이다. 알면서도 이번에는 시시때때로 확인하고 싶어졌다.

　교실에 들어서자마자 말자 자리로 갔다. 책상 서랍이 텅 빈 걸 보니 아직 안 온 모양이었다. 말자는 교과서는 교실 뒤 사물함에 아무렇게나 던져 놓아도 만화책은 항상 책상 서랍 안에 고이 모셔두곤 했다.

　"어머, 무겁겠다. 이리 줘."

연지가 내 손에 들린 가방을 빼앗다시피 받아 들며 웃었다.

　　이번 달 짝인 조연지는 '모델'로 불리는 애였다. 170cm쯤 되는 키에 길고 곧게 뻗은 팔다리 덕분이었다. 애들은 진짜 모델보다 몸매가 훨씬 더 예쁘다며 난리였고, 그에 화답이라도 하듯 연지는 늘 턱을 치켜들고 도도하게 굴었다. 그 모습은 모델보다는 얼음 공주에 가까워 보였다. 드라마에서 주인공 라이벌로 자주 나오는 차갑디차가운 얼음 공주. 그런 연지가 먼저 말을 걸고 웃기까지 하다니.

　　별일도 다 있다고 생각하며 연지 뒤를 따랐다. 연지는 말자 뒷자리 책상 위에 가방을 내려놓았다. 나는 가방이 놓인 내 자리로 가서 앉았다.

　　"이렇게 무겁게 들고 다니면 근육 생겨. 조심해야지."

　　연지가 자리에 앉으며 나를 돌아봤다. 턱선까지 내려오는 단발머리가 찰랑대며 연지 볼을 스쳤다. 연지는 우아한 손길로 머리카락을 귀 뒤로 넘기며 또 웃었다.

　　"예쁘게 잘 나왔더라."

　　연지가 가늘고 기다란 팔을 내 눈앞에 들이밀었다. 연지 손에 들린 핸드폰에서는 동영상이 재생되고 있었다.

　　우리 학교 교복을 입은 여자애가 보였다. 여자애는 바

닥에 쓰러진 할머니를 일으켜 세우는 중이었다. 더러운 옷을 입은 할머니가 여자애 어깨에 기대어 힘겹게 일어났다. 주위에 있던 사람들이 손뼉을 치자 여자애 얼굴이 클로즈업되었다.

"너 맞지? 유튜브랑 SNS에서 난리더라."

연지 말에 애들이 기다렸다는 듯 우리 자리로 몰려들었다. 몰려든 애들은 앞다투어 나를 칭찬하기 시작했다. 한 번도 내 차지였던 적 없는 온갖 찬탄의 말들이 이어졌고 그 말들은 어느새 나만을 위해 존재하는 단어라도 된 듯 나를 감쌌다.

"봤지? 지하철 선행 여중생. 대박 아니냐?"

눈이 벌겋게 충혈된 말자가 뛰듯이 다가왔다. 유튜브와 SNS에서 사람들이 나를 지하철 선행 여중생으로 부른다고 했다. 그 이름에 대해 생각해 볼 겨를도 없이 말자는 내가 주인공인 16부작 드라마 한 편을 뚝딱 만들어 냈다.

드라마 속 주인공인 선행 여중생은 착하디착한 모범생이다. 그 착한 모범생은 가난한 집 첫째 딸로 술주정뱅이 아빠, 바람난 엄마, 사고 치는 동생들 사이에서 온갖 고생을 겪다 지하철역에서 곤경에 처한 할머니를 도와준다. 알고 보니 그 할머니는 재벌가 큰손으로 선행 여중생의 행동에 고마움을 느껴 막대한 유산을 상속해 준다. 선행 여중생은 더는 가난하지 않으며 가족들에게 치이는 삶을 살지도 않는다.

"그렇게 해피 엔딩으로 끝났다는 얘기올시다."

애들은 말자가 입으로 쓴 드라마에 열광했다. 엄마가 들었다면 모범생 부분에서 이미 코웃음을 치고 뒷얘기는 듣지도 않았을 것이다. 윤 여사는 허허 웃으며 연신 내 등짝을 후려쳤을 테지. 누가 뭐라든 해피 엔딩을 좋아하는 나로서는 말자가 만들어 낸 드라마가 마음에 들었다.

예비종이 울리고 담임이 조회를 하러 들어왔다. 얼굴이 빨갛게 상기된 담임은 애들만큼이나 흥분한 눈치였다.

"새아야! 정말 자랑스러운 거 있지. 제자 중에 이렇게 훌륭한 학생이……."

담임은 금방 눈물이라도 흘릴 것 같은 얼굴이었다. 수업 시작을 알리는 종이 조금만 늦게 울렸다면 진짜 울었을지도 모른다.

첫 교시인 수학이 끝난 쉬는 시간부터 매 쉬는 시간마다 교실이 북새통을 이뤘다. 지하철 선행 여중생을 보러 온 사람들 때문이었다. 내 얼굴만 보고 가는 사람, 핸드폰으로 나를 찍는 사람, 같이 사진을 찍자고 다가오는 사람, 사인해 달라며 종이를 내미는 사람까지……. 야단법석이었다.

점심시간이라고 별반 다르지는 않았다. 사람들이 급식실에서도 아는 척을 하고, 말을 걸고, 사진을 찍자고 하는 통에 밥이 입으로 들어가는지 코로 들어가는지 모를 지경이었다. 점심을 먹으며 말자에게 이것저것 물으려던 계획은 물거품이 되고 말았다. 만들던 것은 끝났는지, 결과물은 잘 나왔는지 알 길이 없었다.

밥을 먹는 둥 마는 둥 하고 다시 교실로 돌아왔다. 내 자리는 여전히 애들로 북적였다. 내가 다가가자 수선거리던 애들이 몸을 조금씩 움직여 지나갈 수 있는 공간을 만들어 주었다. 애들 틈을 비집고 자리에 막 앉았을 때였다. 밥도 안 먹고 교실에 남아 있던 반장이 풀고 있던 문제집을 확 덮어 버렸다.

"뭐 대단한 일이라고. 하루 종일 시끄러워 죽겠네."

반장은 각진 금테 안경을 벗어 책상 위에 던지듯 내려놓았다. 나를 둘러싼 애들은 어이없다는 표정을 지었지만 나는 얼굴이 화끈거렸다. 일부러 그런 건 아니더라도 나 때문에 교실이 시끄러운 건 사실이었다. 애들이 해 주는 칭찬과 감탄의 말에 들떠 미처 생각하지 못했다. 나로 인해 누군가 피해를 볼 수도 있다는 사실을. 윤 여사가 봤다면 핀잔을 듣고도 남을 일이었다.

"교실이 지 건가."

"점심시간에 떠드는 게 어때서?"

"공부는 수업 시간에나 할 것이지. 유난은."

내가 사과를 하기도 전에 애들이 먼저 나섰다. 애들은 하나같이 반장에게 날을 세웠다. 우리는 언제나 누군가에게 날을 세울 준비가 되어 있었다. 네모난 교실에 우겨넣어져 서로 비교하고 비교당하는, 경쟁하고 경쟁당하는 우리에게는 이상할 것도 없는 일이다. 어제 타깃은 쉬는 시간에 훈남 수학 교생에게 질문한 애였고, 오늘은 반장이라는 것만 다를 뿐이었다. 내일은 누가 타깃이 될지 아무도 몰랐다.

"야아~ 왜들 그래. 맞는 말인데, 뭐."

내가 나서서 애들을 말렸다. 말자가 있었다면 농담이라도 한마디 던지며 분위기를 풀었을 테지만 말자는 지금 없었다. 밥을 먹고도 배가 안 찬다며 매점으로 달려가서는 아직 교실로 돌아오지 않았다.

"시끄러웠지? 미안해."

반장에게 재빨리 사과했다. 내 일로 누군가가 타깃이 되는 건 원치 않았다. 대놓고 말은 못 해도 누군가는 반장처럼 불편할지도 모를 일이었다. 나 때문에 분란이 일어나는 것도 누군가에게 폐를 끼치는 것도 싫었다. 그런 일은 집에서 만으로 충분했다.

평범한 내 성적, 내 외모 때문에 우리 집은 언제나 시끄러웠다. 성적 얘기만 나오면 엄마는 히스테리를 부렸다. 내가 조금만 공부를 잘했으면 자신이 이렇게까지 성적에 집착하지 않았을 거라며 내 탓을 했다. 외모 부분에서는 아빠도 할 말이 많았다. 내가 조금만 더 예뻤으면 성형 수술 같은 건 권하지도 않았을 거라며 평범한 내 외모를 탓했다. 뭐든지 평범한 나는 우리 집에서 죄인이자 분란의 씨앗이었다.

"그렇게 사과가 받고 싶었니? 하여튼."

연지가 기다란 손가락으로 반장을 가리켰다. 우아하기 그지없는 동작이었다. 애들은 정새아가 착해서 그런 거라며 내 칭찬에 다시 열을 올렸다. 어느새 나는 지하철 선행 여중생에 이어 우리 학교에서 최고로 착한 애가 되어 있었다.

"완전 천사라니까."

누군가에 의해 급기야 나는 그런 호칭까지 하사받았다. 말도 안 된다고 생각하면서도 어느새 머릿속으로는 천사를 그리고 있었다. 허리까지 내려오는 치렁치렁한 금발에 투명한 피부, 머리 위에는 빛나는 금색 링이 있고, 몸통보다 더 크고 새하얀 날개를 가진 아름다운 존재. 신은 아니지만 인간보다는 우월한 존재. 내가 아는 천사는 그랬다.

평범하기 그지없는 내가 애들 눈에 그렇게 보인다니. 그냥 한 말이겠지 싶으면서도 심장이 떨리는 건 어쩔 수 없었다. 이 기분 좋은 두근거림과 짜릿한 기분을 놓치고 싶지 않았다. 오래도록 만끽하고 싶었다. 그럴 수만 있다면 말이다.

"새아야!"

말자가 헐레벌떡 교실로 뛰어 들어왔다.

"빨리 일어나. 갈 데 있어."

말자는 손에 든 빵을 책상 위에 내려놓고는 나를 일으켜 세웠다. 무슨 일이냐고 물을 새도 없이 말자 손에 이끌려 교실을 나왔다.

말자가 나를 끌고 간 곳은 방송반 앞이었다.

"이 언니가 다 널 위해서 이러는 거 아니겠니."

말자는 어서 들어가자며 내 등을 떠밀었다.

"싫어. 안 들어갈래."

왠지 들어가면 안 될 것 같은 강렬한 예감이 엄습해 왔다. 문지방을 넘지 않으려고 안간힘을 썼지만 결국 말자에게 질질 끌려 들어갔다. 말자는 내 생각보다 훨씬 더 힘이 셌다.

"와~ 진짜 바로 오셨네요."

가슴에 노란색 이름표를 단 2학년 여자 후배가 우리를
맞았다. 탁자에 앉아 있던 남자애는 우리를 보더니 보고
있던 동영상을 껐다. 그 애 역시 노란색 이름표를 달고
있었다. 탁자 위에 있던 프린트물을 집어 든 남자애가 우
리 쪽으로 다가왔다.

"정새아 선배님 오셨다."

남자애 말에 분주하던 애들 네댓이 내 쪽으로 고개를
돌렸다. 대부분 노란색 이름표를 달았고, 흰색 이름표를
단 1학년도 한 명 있었다. 애들은 나를 향해 목례만 하고
는 다시 바쁘게 움직였다. 카메라와 마이크 상태를 확인
하고 컴퓨터로 뭔가를 검색하기도 했다. 동그란 버튼과
길쭉한 스틱이 수십 개 달린 거대한 기계를 제법 익숙하
게 다루는 애도 있었다.

"갑작스러우셨을 텐데 감사합니다. 원래 오늘의 말씀
이 나가는 날인데 선배님 인터뷰가 더 좋을 것 같아서요."

"그럼. 매주 듣는 명언보다야 생생한 선행 후기가 낫
지. 임팩트도 더 있고."

남자애 말에 말자가 맞장구를 쳤다.

"5분 뒤에 시작할 건데 먼저 훑어보세요. 인터뷰 질문
지예요."

남자애가 프린트한 종이를 내밀자 말자가 자연스럽게

받아 들었다.

"같이 볼게. 내가 얘 매니저거든. 미리 말하지만 너무 개인적인 질문은 곤란해."

"아…… 네. 보면 알겠지만 그런 건 없어요. 오늘의 말씀 시간에 맞춰야 해서 음악 방송 끝나고 10분 정도 할 거고요."

"에게? 너무 짧은 거 아냐? 풀 스토리를 들으려면 그 정도론 안 될 텐데."

"왜 할머니를 도왔는지, 기분이 어땠는지 같은 거 위주라 시간이 부족하진 않을 거예요. 반응이 좋으면 2탄, 3탄으로 갈 수도 있고요."

"그래. 일단 해 보고 다음 스케줄은 다시 얘기하자."

남자애는 잘 부탁한다는 말을 남기고 카메라를 확인하러 갔다. 오늘 방송은 목소리만 나가지만 인터뷰하는 걸 영상으로 찍어 학교 홈페이지에 올릴 거라고 했다.

"우린 질문지나 확인하자."

말자가 나를 구석으로 밀었다.

"미쳤어? 뭐 하는 거야?"

"보면 몰라? 너 인터뷰 준비하잖아."

"그니까 그런 걸 왜 네 맘대로 정하냐고."

"민주였어도 하라고 했을걸? 어차피 할 거 빨리 해치

우는 게 낫지."

기가 막혔다. 지하철 선행 여중생이라는 타이틀만으로도 정신을 차릴 수 없는데 인터뷰가 웬 말인지. 절대로 안 한다고, 못 한다고 버텼다.

"얘가 뭘 모르네."

한숨을 내쉰 말자가 말을 이었다.

"이건 하늘이 주신 기회야. 유명해질 기회. 혹시 알아? 네가 유명해지면 서은호가 너한테 호감이라도 느낄지."

서은호, 호감. 두 단어가 머릿속에 딱 박혔다. 호감까지는 바라지도 않는다. 그 애가 내 이름만 알아줘도 좋을 것 같다. 같은 학교에 다니는 어떤 애, 같은 영어 학원에 다니는 누군가가 아닌 '정새아'로 말이다. 이름을 안다는 건 어쩌면 내 전부를 아는 것일지도 모른다. 학교에서 배운 시처럼 그 애가 내 이름을 불러 주면 나는 그에게로 가 꽃이 될지도 모르니까.

"드라마 보면 남녀 주인공은 다 이렇게 시작하더만. 안 그래?"

말자 말이 맞다. 다는 아니지만 이렇게 시작하기도 했다. 서로의 이름을 알고, 서로의 어떤 행동에 호감을 가지며 사랑이 싹트는 일도 있었다. 은호와 나도 그렇게 될까? 이미 머릿속에서 나와 그 애는 도서관을, 공원을, 놀이동산을 누비고 있었다. 두 손을 꼭 잡은 채로.

"이제 곧 시작해요. 들어가시면 돼요."

여자 후배가 투명한 부스를 가리켰다.

"서은호가 듣고 있다는 걸 잊지 마."

말자가 내 손을 꼭 잡았다 놓았다. 말자의 마지막 말에 정신이 반쯤 나가 버렸다. 은호가 듣는다고? 대답을 잘 못 하면 어떡하지, 엉뚱한 소리를 하는 건 아니겠지, 은호가 듣고 실망만 하는 거 아냐……. 내내 그런 생각뿐이었다.

어떻게 부스 안에 들어갔는지, 어떤 질문을 받았는지, 질문에 뭐라고 대답을 했는지 도무지 기억나지 않는다. 들어갈 때와 마찬가지로 말자에게 질질 끌려서 방송반을 나왔다는 것만 기억난다.

"야! 너 장난 아니더라. 당연히 해야 할 일을 했을 뿐인데요? 사람들이 도움을 필요로 하는 분들에게 조금 더 관심을 가졌으면 좋겠어요? 완전 다른 사람인 줄. 민주한테도 꼭 얘기해 줘라. 깜짝 놀랄 거다, 아마."

교실로 가는 동안 말자는 내가 한 말을 줄줄 읊어 댔다. 말자는 나를 다시 봤다고 했지만 내가 정말 그런 말을 했는지도 잘 모르겠다.

"인터뷰는 괜히 해서……."

은호와 애들이 그런 말을 어떻게 받아들일지 걱정이

었다. 정형화된 형식적인 대답이라고, 너무 가식적이라고 생각할 것 같았다.

"두고 봐. 인터뷰하길 잘했다고 생각할 테니까."

말자는 자기만 믿으라며 큰소리를 쳤다. 나도 말자 말이 제발 맞기를 바랐다, 그 어느 때보다 간절하게.

4. 내 생에 최고의 순간

프랑스에는 '노스트라다무스'라는 라틴어식 이름을 가진 유명한 의사 겸 점성가가 있었다. 그는 『백시선』이라는 예언서를 통해 1555년부터 3797년까지의 역사적 사건과 대규모 재난을 예언했다. 그런 노스트라다무스도 예언하지 못한 걸 말자는 예언했고 심지어 적중하기까지 했다. 인터뷰 영상이 학교 홈페이지에 올라간 후 애들은 나를 더 많이 칭송하고 더 많이 예찬했던 것이다.

"이 매니저 말만 잘 들으면 자다가도 빵이 생긴다니까."

말자는 그 어느 때보다 의기양양했다. 너무 우쭐대서 얄밉기도 했지만 잘난 척만 한 건 아니었다.

"그동안 착하게 살아서 받는 복이니 맘껏 누리거라."

16년 내 인생의 노고를 위로하기도 했다. 나 역시

200% 동감이었다. 그동안 내가 했던 착한 일들과 참았던 일들이 차곡차곡 쌓여 큰 복덩어리가 된 게 분명했다. 그렇게 생각할 수밖에 없었던 건 얼마 지나지 않아 내 생에 최고의 순간이 펼쳐졌기 때문이다.

나뭇잎이 유난히 초록빛을 뽐내던 날, 하굣길이었다.

"그만해. 집에 가서 해도 되잖아."

"알았어. 댓글 하나만 더 달고."

말자는 핸드폰에서 눈을 떼지 않았다. 내 SNS에 올라온 글에 열성적으로 답글을 달아 주는 건 고맙지만 말자가 넘어지기라도 할까 봐 걱정이었다.

"은호 님 짤은 완성된 거야?"

그동안 말자가 밤낮으로 만든, 내가 그토록 원했던 게 바로 그거였다. 짤이야 은호 사진으로 늘 만들던 거지만 이번 건 특별했다. 은호의 팬 카페인 '은호 사랑'에서 주최한 공모전에 낼 작품이기 때문이다. 우승 상품도 있었는데 은호 사랑 회원이라면 누구나 탐낼 만한 거였고, 나도 예외는 아니었다.

"마무리만 하면 돼. 네 매니저 노릇 하느라 바빴잖냐."

말자가 핸드폰을 끄고 고개를 들었다.

그동안 방송반에서 진행하는 인터뷰를 두 번 더 했고,

지역 청소년 신문과 서면 인터뷰도 했다. 날짜와 시간 약속을 잡는 것부터 인터뷰와 관련된 모든 건 말자가 도맡아서 해 줬다. 나를 보고 싶어 하는 사람이나 나에게 오는 연락을 정리하는 것도 말자 몫이었다. 말자는 정말 최고의 매니저였다. 윤 여사가 봤다면 자기 일을 친구한테 떠넘겼다고 잔소리를 할 테지만 말자가 강력하게 원한 일이었다.

"무슨 일 났나 보다."

말자가 턱으로 교문을 가리켰다. 확실히 교문 앞이 다른 날보다 붐비고 있었다.

"우리 스타님은 저런데 가면 안 되는데. 괜히 싸움 같은 거에 휘말리면 인기 떨어져."

말은 그렇게 하면서도 말자는 애들이 모여 있는 쪽을 힐끔거렸다. 지나가면서 보니 교문 앞을 꽉 메우고 있는 건 대부분 여자애들이었는데 한목소리로 누군가를 찬양하고 있었다. 멋지다, 잘생겼다, 이 세상 외모가 아니다…… 그런 말들이 들려왔다.

모여 있는 애들 사이로 연지가 보였다. 다른 애들보다 머리 하나는 더 커서인지 눈에 확 띄었다. 우리는 자연스레 연지 곁으로 다가갔다.

"무슨 일이야?"

내가 곁에 바짝 다가서도 연지는 시선을 돌리지 않았다.

"야야야. 저기!"

말자가 미친 듯이 내 팔을 흔들어 댔다. 말자가 보라고 한 곳에는 웬 남자애가 서 있었다. 키가 180㎝도 넘어 보이는 남자는 새하얀 셔츠에 주름 하나 없는 남색 바지를 입은 채였다. 그 애가 입고 있는 게 정녕 촌스러운 우리 학교 교복이 맞단 말인가! 2대 8로 가른 머리도 어쩜 저렇게 찰떡같이 어울리는지. 이 세상 외모가 아닌 건 분명했다.

"새아야."

그 애가 내 이름을 불렀고 우리는 눈이 마주쳤다. 반짝이는 눈동자와 모든 걸 포용할 것 같은 온화한 눈빛에 온몸이 녹아내리는 듯했다. 게다가 목소리는 또 왜 이렇게 달콤한지. 다리에 힘이 풀려 휘청거리는 나를 말자가 몸으로 지탱해 주었다.

"조심해!"

다급히 내 곁으로 다가오는 그 애는 걱정스러운 얼굴조차 빛이 났다. 마치 그 애 머리 위로만 햇빛이 쏟아져 내리는 것 같았다. 그 애가 한 걸음 내디딜 때마다 반짝이는 황금색 가루가 온 사방으로 퍼져 나갔다. 그 광경을 보고 있자니 눈이 부시다 못해 시릴 지경이었다.

"야야, 침 흐른다."

말자가 옆구리를 찌르는 바람에 겨우 입을 닫을 수 있었다.

"괜찮아?"

내 앞에 선 그 애는 그윽한 눈빛으로 나를 내려다봤다. 반짝이는 그에게서 달콤한 바닐라 향이 날아들었다. 이번에도 다리에 힘이 풀렸지만 휘청거리지 않으려 안간힘을 썼다.

"서, 서은호?"

내 입술이 멋대로 그 이름을 불렀다. 부르면서도 그 애가 내 눈앞에 있다는 사실이 믿어지지 않았다. 그 애는 나에게 봉황이나 용, 불사조 같은 존재였다. 말로만 전해질 뿐 현실에서는 절대 만날 수 없는 것. 그게 바로 서은호였다. 그 애는 텔레비전 속에서만 존재하는 연예인처럼 SNS상에서만 존재하는 '남신'이었다. 물론 은호와 같은 영어 학원에 다녔고 학원에서는 같은 반이기도 했지만 그게 다였다. 그 애를 가까이서 보는 건 어림도 없었다. 그 애를 추종하는 무리들이 언제나 그 애 주위를 요새처럼 둘러싸고 있었으니까.

은호, 서은호. 나의 우상. 9등신의 훤칠한 키에 잡티 하나 없는 투명한 피부를 가진, 운동이면 운동, 공부면 공부 뭐 하나 빠지는 게 없는, 심지어 매너까지 좋다고 소문이 자자한 사람. SNS에서는 물론이고 '은호 사랑'이라는 팬클럽까지 있을 정도니 인기에 대해서는 두말할 필요도 없었다. 그는 세상의 중심에 서 있는, 누구에게나 사랑받는 존재였다. 평범한 나와는 너무도 다른 사람이었다는 얘기다. 그랬다. 우리는 그렇게 완전히 다른 세상에 살고 있었다.

그런 남신이 지금 여기 서 있다. 바로 내 눈앞에. 나와 눈을 맞추고, 나만을 바라보며.

"혹시…… 나 기다린 거야?"

"당연하지. SNS에 글 남긴 거 못 봤어? 쪽지도 여러 번 보냈는데……."

은호가 쑥스러운 듯 웃었다.

"너 답장 안 했어?"

말자가 말도 안 된다는 표정으로 고개를 흔들었다. 나는 조용히 하라는 뜻으로 말자 운동화를 툭 찼다.

내 SNS는 연일 북적였다. 지하철 선행 여중생 동영상을 본 사람들이 한꺼번에 몰린 탓이었다. 방문자가 너무 많아 시스템이 다운되기도 했다. 방문자가 많은 만큼 사람들이 남기는 글도 많았는데 말자가 관리를 하겠다고 나섰다.

"스타님은 가만히 계셔. 그런 거 직접 하면 모양 빠져."

말자는 그런 게 다 매니저의 일이라며 자기에게 맡기라고 했다. 시간이 날 때마다 나도 같이 관리를 했지만 주로 말자가 수고를 해 줬다. 말자는 재미있다며 꽤 열심이었다. 그러다 말자가, 아니 우리 둘 다 흥분하는 일이 생겼다.

"내 직감은 틀리지 않는다니까. 정새아 완전 계 탔네?"

"말도 안 돼! 이건 꿈일 거야!"

은호가 내 SNS에 글을 남겼다는 게 꿈보다 더 꿈같이 느껴졌다. 바로 눈앞에 그 애가 쓴 글이 있는데도 그랬다.

"이 아이디 걔 거 맞잖아. 이제 청춘 드라마 시작?"

말자는 나를 놀리느라 신이 났다. 그러면서도 어서 답장을 보내라며 핸드폰을 내 앞에 들이밀었다.

"나중에 할게."

은근슬쩍 핸드폰을 밀어냈다.

"아~ 왜? 기다리던 거 아냐?"

말자가 빨리 답장을 보내라고 재촉했다.

누구보다 은호의 연락을 기다렸고 하루에도 몇 번씩 제발 연락이 오게 해 달라고 빌었다. 그렇게 고대하던 일이건만 막상 그 애가 보낸 메시지를 받자 두려워졌다. 그 애가 생각하는 나와 진짜 나는 아주 다른 사람인 듯했다. 그 애는 지하철 선행 여중생을 정말 대단한 사람이라고 치켜세웠다. 그런 상황에서 그런 행동을 한 지하철 선행 여중생을 존경한다고까지 했다. 내가 정말 그런 아이일까? 나는 그 애가 생각하는 그런 사람이 맞는 걸까?

자신도 확신도 없었다. 그런 상태에서 답장하면 그 애가 실망할 것 같았다. 그 애가 생각하는 나, 나에게 건 기대 같은 걸 망가뜨릴 것만 같은 기분이 들었다. 더는 누군가의 기대에 어긋나는 존재가 되고 싶지 않았다. 엄마 아빠 기대에 미치지 못하는 것으로 충분했다. 은호에게까지 그런 사람이 되고 싶지는 않았다. 무엇을 생각하든 그 애가 생각하는 사람으로 남고 싶었다. 그 애에게 가까이 다가가고 싶은 마음보다 그 애를 실망하게 하고 싶지 않은 마음이 더 컸다. 결국 답장은 보내지 않았다.

"내가 메시지를 너무 많이 보내서 부담스러웠어?"

"아니. 그냥…… 요즘 좀 바빴어."

은호의 아름다운 얼굴에 상처받은 표정을 드리우게 할 수는 없었다. 그럴 바에야 거짓말을 하는 편이 나았다.

"그럴 줄 알았어. 귀찮게 한 게 아니라 다행이다."

은호가 하얀 이를 드러내고 웃자 주위가 순식간에 환해졌다. 세상이 이렇게 밝은 곳이었다니! 나는 지난 16년 동안 칠흑 같은 어둠 속에서 살았던 게 분명하다. 세상의 눈부심에 한창 감탄하고 있는데 그 애가 뭔가를 내밀었다.

"받아 줄래?"

투명한 포장지에 싼 빨간 장미 한 송이였다.

"어? 아니, 왜……? 갑자기…… 무슨…….."

내가 횡설수설하는 사이 주위에 있던 애들이 탄성을 내질렀다.

"정새아 동영상 하나로 인생 역전했네. 그거 아님 서은호가 쟤를 알기나 했겠냐?"

"그러게. 내가 그 할머니를 도와줬어야 하는 건데."

"서은호 여친이라니…… 완전 부럽다."

그 어수선한 상황에서도 애들 말이 귀에 쏙쏙 들어왔다. 은호와 나란히 서 있는 것만으로도 나는 그 애의 여자친구가 되어 있었다. 애들 눈에는 나와 은호가 같은 세계에 속한 사람처럼 보이는 듯했고, 그것만으로도 더 바랄게 없었다. 마치 내가 평범하지 않은, 아주 특별한 사람이 된 것 같은 기분이 들었으니까.

은호가 내민 장미를 바라봤다. 장미는 마법 지팡이처럼 보였다. 마법은 많은 걸 변화시킬 수 있다. 신데렐라를 위해 호박을 호박 마차로 바꿔 준 것처럼. 마법 지팡이는 나에게도 마법을 부려 줄 것이다. 어쩌면 마법은 이미 시작되었는지도 모른다. 멀리서 바라만 보던 은호 님이 보잘것없는 내 앞에 서서 나에게 꽃을 내미는 자체가 마법이었다.

"예쁘다."

장미에, 아니 마법 지팡이에 나는 이미 홀려 있었다. 마법 지팡이는 나에게 더 많은 걸 줄 것이다. 나를 은호의 진짜 여자 친구로 만들어 주고, 세상의 중심에 그 애와 함께 설 수 있게 해 주겠지? 나는 은호의 사랑을 독차지하는 여자가 될 테고, 많은 이들의 부러움을 한몸에 받는 사람이 될 것이다. 그렇게만 된다면, 그렇게만 될 수 있다면 가시 돋친 장미일지라도 선뜻 움켜쥘 수 있었다.

"고마워."

손을 내밀어 장미를, 아니 마법 지팡이를 받아 들었다. 쨍하게 붉은 장미꽃은 내 손 안에서 영롱하게 빛났다. 언제까지고 바라봐도 질리지 않을 자태였다. 집에 가자마자 방 벽에 걸어 두고 말려야지. 그러면 더 오랫동안 볼 수 있을 테니까.

"내가 더 고맙지. 오늘부터 1일이다."

은호가 장난스럽게 웃었다.

"서은호 별짓거리 다 하네."

지나가던 몇몇 남자애들이 비아냥거렸다. 남자 망신은 다 시킨다, 미친놈이다 같은 말도 서슴없이 해 댔다. 욕도 몇 마디 뱉어 낸 것 같은데 은호와 나를 향한 애들의 환호와 박수 소리에 묻혀 버렸다.

"드디어 해피 엔딩이네. 축하해."

말자가 내 귀에 대고 속삭였다. 해피 엔딩. 그 얼마나 아름답고 황홀한 단어인가. 하지만 은호와 나의 이야기는 이제 시작이다.

"해피 스타트지. 암튼 다 네 덕분이야."

나도 말자만 들을 수 있게 작은 소리로 화답했다.

"마음 깊이 새겨라. 민주는 못 해 주는 걸 내가 해 준 거다, 너."

말자는 이런 상황에서도 민주를 경계했다. 둘 다 똑같이 소중한 친구라고 아무리 말해도 말자는 어떻게든 민주를 이기고 싶어 했다. 그게 뭐든지 간에 말이다. 민주는 말자에 대해 별다른 생각이 없어 보였는데 말자만 유독 민주를 신경 썼다.

"근데 쟨 왜 저러냐?"

말자가 고갯짓하는 곳에 서 있는 건 연지였다. 입술을 꽉 깨문 연지는 나를 무섭게 노려보고 있었다.

"글쎄. 잘 모르겠는데."

화가 잔뜩 난 얼음 공주를 물끄러미 쳐다봤다. 언제는 먼저 친한 척이더니 오늘은 또 왜 저러는지 모르겠다.

"쟤 내버려 두고 얘나 신경 써."

말자가 나를 은호 쪽으로 슬쩍 밀었다. 세게 민 건 아니었는데 워낙 급작스러워서 몸에 균형을 잃고 말았다. 넘어질 뻔한 나를 잡은 건 은호였다.

"큰일 날 뻔했잖아. 조심 좀 해."

은호가 말자에게 한마디 했다.

"아, 미안 미안."

말자는 전혀 미안하지 않은 얼굴로 웃었다.

"어머! 웬일이니!"

"지금 서은호가 정새아 걱정해서 저러는 거야?"

"대박 멋지다."

드라마보다 더 드라마 같은 일이 지금 내 눈앞에서 펼쳐지고 있었다. 남자 친구와 돈독해지도록 나를 도와주는 절친과 나만을 걱정해 주는 멋진 남자 친구. 남자 친구와 나를 부러워하는 주변 사람들까지. 해피 스타트라고 했지만 이대로라면 해피 엔딩이어도 받아들일 수 있을 것 같았다.

발가락 끝이 간질거렸다. 이렇게 둥실 떠올라 은호가

속해 있는 세계로 곧장 날아갈 수 있을 것만 같았고, 실제로 그렇게 되었다. 나는 한순간에 다른 세계로 옮겨졌다. 마법 지팡이가 데려다준 그 세계는 신비하고 아름다웠다. 모든 것이 완벽했다. 아니, 완벽해 보였다. 완벽하지 않은데도 완벽해 보이는 것. 그것이야말로 진짜 마법인지도 모른다.

5. 세상은 정말 아름다운 곳이야

　　버스 창문으로 햇살이 날아들었다. 햇살이 버스 바닥으로, 자리에 앉아 있는 사람들 머리 위로, 서 있는 사람들 다리 사이로 내려앉은 덕분에 모두가 따뜻한 햇볕을 만끽했다. 평화롭고도 아름다운 토요일 낮이었다.

　　"세상은 참 아름다워. 그치?"

　　요즘 들어 내가 가장 많이 하는 말이었다. 태어나길 잘했어. 정말 꿈같은 날들이야. 그런 말도 입에 달고 살았다.

　　"어디가? 햇볕 때문에 눈은 안 떠지지, 사람은 많지. 서 있느라 다리도 아파 죽겠는데."

　　"그래? 그럼 너 앉아."

　　말자에게 자리를 양보했다. 우리 앞에 앉아 있던 아줌마가 막 일어선 참이었다.

"웬일? 네가 진짜 맛이 가긴 갔구나."

말자가 고개를 절레절레 저으며 자리에 앉았다. 그도 그럴 것이 자리가 나면 원래 말자와 나는 서로 앉겠다며 난리를 치곤 했다.

"너 진짜 사진전 갈 거야?"

"당연하지. 원래 스타는 혼자 막 다니면 안 돼."

말자는 '스타'라는 말을 특히 강조했다.

"혼자는 무슨. 은호랑 같이 가는데."

"그게 더 위험하지. 남자랑 단둘이 있으면 스캔들 난다, 너."

"내가 뭐 진짜 연예인이냐. 그리고 사귀는 사인데 뭐 어때?"

"그래서 둘만 만나시겠다?"

말자가 가볍게 눈을 흘겼다. 말자는 내가 은호를 만날 때마다 따라나섰다. 은호가 교문 앞에서 나에게 장미꽃을 준, 우리가 사귀기 시작한 첫날부터 그랬다.

그날 장미꽃을 준 은호는 그 자리에서 바로 데이트 신청을 했다.

"어디 가서 얘기 좀 할까?"

"사거리 스벅으로 가자. 우린 거기 자주 가."

대답을 한 건 말자였다.

"어? 너도 가게?"

"당연하지. 내가 얘 매니전데. 이따 우리끼리 뭐 할 것도 있고."

당황스러워하는 은호에게 말자는 당당하게 굴었다.

"그래. 같이 가자."

이제 와서 말자만 따돌릴 수는 없었다. 함께 집에 가는 길이었고 은호 님 짤이 잘 만들어졌는지 같이 점검도 해야 했다. 은호는 떨떠름한 얼굴이었지만 반대는 하지 않았다. 우리 셋은 그렇게 스타벅스로 갔다.

스타벅스는 평소와 마찬가지로 시끌벅적했다. 혼자 앉아 노트북을 하는 사람, 교복 입은 애들, 거래처와 미팅을 하는 사람에 수다 떠는 아줌마들까지. 자리 잡기가 쉽지 않을 것 같았다.

"여기 앉자."

마지막 하나 남은 창가 자리를 은호가 차지했다. 창가 자리는 인기가 많아서 여간해서는 맡기 힘들었다. 모든 게 완벽한 줄은 알았지만 운까지 좋다니. 보면 볼수록 완벽한 애였다. 말자와 나는 은호 맞은편에 자리를 잡았다.

"뭐 마실래? 오늘은 내가 살게."

은호는 우리가 앉을 때까지 기다렸다 물었다. 은호 말

이 끝나기 무섭게 말자가 있는 힘껏 혀를 굴렸다.

"우린 아이스 캐러멜 매키아또."

스타벅스에 오면 우리가 늘 마시는 음료였다. 우리는 둘 다 달달한 캐러멜 맛이 나는 커피를 좋아했다. 평범한 성적과 외모 덕분에 엄마 아빠 기대에 미치지 못하는 내 일상은 쓴맛에 가까웠기에 커피만이라도 달콤한 걸 마시고 싶었다. 단맛이 내게 밴 쓴맛을 조금이라도 희석해 주지 않을까 하는 기대에서였다.

"새아 너는 아이스 아메리카노 어때? 마키아토 너무 달잖아."

은호가 순진무구한 눈으로 나를 봤다. 나에게 아메리카노는 너무 썼다. 그 쓴 커피를 마시면 내게 밴 쓴맛이 더 진해질지도 몰랐다.

"그…… 그러지, 뭐."

그럼에도 내 입술은 그렇게 대꾸했다. 막대 사탕을 기다리는 아이처럼 잔뜩 기대에 찬 은호 얼굴을 보자 차마 거절할 수 없었다. 내게 쓴맛이 더 진하게 밴다면 더 많은 단맛으로 그걸 희석하면 되는 게 아닐까? 어쩌면 그 단맛을 잔뜩 줄 수 있는 사람이 바로 은호인지도 몰랐다.

은호는 만족한 웃음을 지으며 주문을 하러 갔다.

"뭐야. 왜 지가 남 먹는 거까지 정하냐?"

말자가 짜증 난다며 못마땅한 표정을 지었다.

"너무 달까 봐 그런다잖아. 완전 자상하다. 그치?"

"아니, 완전 이상해."

말자는 너무 제멋대로라며 한참 동안 은호 흉을 봤다. 윤 여사였다면 사람 없을 때 흉보는 거 아니라며 등짝을 내리쳤겠지만 나는 윤 여사가 아니기에 잠자코 듣기만 했다. 윤 여사처럼 말자 등짝을 때리고 싶은 충동이 일기는 했지만.

"얼굴 하나 믿고 지 맘대로 할 만하네."

말자의 눈길이 머무는 곳으로 시선을 돌렸다. 음료가 담긴 쟁반을 들고 오는 은호가 눈에 들어왔다. 그 애가 걸음을 뗄 때마다 주변에 있던 사람들이 고개를 움직였다. 그 애가 걸음을 떼는 방향으로 사람들 시선이 같이 움직이고 있었다.

나 역시 은호에게서 눈을 떼지 못했다. 그 애 등 뒤로 후광이 비치는 것 같더니 이내 꽃잎까지 흩날렸다. 내딛는 걸음걸음은 슬로 모션으로 보이기까지 했다. 드라마의 한 장면처럼 그렇게 그 애는 나에게 다가왔다.

"무슨 얘기 했어? 내 욕한 거 아니겠지잉?"

탁자 위에 쟁반을 내려놓은 은호가 활짝 웃었다. 가지런한 이들이 유독 새하얘 보였다.

"어휴, 느끼해."

말자가 토하는 시늉을 하자 자리에 앉는 은호 얼굴이 살짝 굳어졌다.

"왜 그래~."

내가 그만하라며 말려도 말자는 그만둘 줄을 몰랐다. 그때 내 핸드폰 진동이 울렸고 액정에는 민주 이름이 떴다. 핸드폰을 들여다본 말자가 토하는 시늉을 멈추더니 씩 웃었다.

"내가 받을게. 얘기들 해."

말자는 내 손에 있는 핸드폰을 빼앗아 들고 밖으로 나갔다.

말자가 사라진 자리에 어색한 공기가 들어찼다. 무슨 말이라도 해야 할 것 같은데 쉽게 입이 떨어지지 않았다. 이렇게 만나는 게 처음인데 그동안 잘 지냈냐고 물을 수도 없고, '은호 사랑'을 통해 그 애가 어떻게 지내는지 익히 알고 있는데 잘 지내냐고 묻는 것도 웃겼다.

"너 귀엽다?"

내 귀를 의심했다. 너무 긴장한 나머지 잘못 들은 건지도 몰랐다. 은호가 다시 한번 말하고 나서야 제대로 들었다는 걸 알았다. 의구심은 더 커졌다. 나 자신조차 내가 귀엽지 않다는 걸 너무도 잘 알았다. 귀엽다, 예쁘다 같은 말은 내 몫이었던 적이 없다. 평범하다, 무난하다, 보통이다 같은 말들만이 나를 위한 것이자 내 것이었다.

"안절부절못하는 게 귀엽긴 한데 너무 그러지 마. 안 잡아먹어."

장난스럽게 웃는 은호와 눈이 마주치자 심장이 벌렁거렸다. 현실감 없는 얼굴로 웃는 그 애 때문인지 어쩔 줄 몰라 한 걸 그 애에게 들킨 부끄러움 때문인지 헷갈렸다. 무엇 때문이든 심장에 무리가 가고 있는 건 확실했다.

통화를 끝낸 말자가 자리로 돌아왔다. 10분 남짓이었지만 내게는 영원과도 같은 시간이었다. 말자 얼굴을 보자 벌렁거리던 심장이 안정을 되찾았다. 말자와 같이 있으니 은호와 둘이 있을 때보다 덜 어색하고 분위기도 편했다.

너와 같이 있어서 마음이 편하고 좋았다는 얘기를 말자에게 한 게 실수였다. 말자는 자기만 믿으라며 내가 은호를 만날 때마다 따라나섰다.

그러한 이유로 오늘도 말자는 어김없이 나를 따라왔다.

"언제는 내가 있어야 좋다더니 이제 따돌리시겠다? 우정이고 뭐고 없구만. 사랑에 미친 정새아."

"따돌리는 게 아니고. 그래도 데이튼데……."

데이트라는 말을 하는데 괜히 목이 메었다. 말자 때문에 진짜 데이트다운 데이트는 해 보지도 못했다. 나도 남자 친구와 단둘이 만나 오롯이 그 애에게만 집중하고 싶다. 우리 사이에 흐르는 묘한 떨림, 서로를 향한 두근거림 같은 걸 느껴보고 싶기도 했다. 내가 하고 싶은 건 셋이 만나서는 절대 할 수 없는 것들이었다.

"엔간히 하셔. 남친 없는 사람 서러워서 살겠냐? 민주 앞에서도 이래? 걘 뭐라디?"

"너랑 비슷해. 오바하지 말고 작작 하래."

"걔랑 나랑 통하는 것도 있네?"

살다 보니 이런 때도 다 있다며 말자가 호탕하게 웃었다. 사실 민주는 더 심한 말도 했다. 남자 처음 사귀는 티 좀 내지 말라는 핀잔은 애교였고, 어차피 얼마 안 가 헤어질 거라는 악담도 거리낌 없이 했다. 달랑 둘뿐인 친구들이 왜 이 모양인지 모르겠다. 하나는 맨날 껌딱지처럼 붙어서 훼방이고, 하나는 악담이나 해 대니 말이다.

"너희가 아무리 그래도 우리 사랑은 안 변해."

민주에게 했던 말을 말자에게 그대로 해 줬다. 말자가 아무리 달라붙어서 방해해도(말자는 나를 도와주는 거라고 했지만) 민주가 악담을 해 대도(민주는 나를 위한 충고라고 했지만) 상관없었다. 그건 친구들의 질투일 뿐이니까. 애들이 뭐라든 꿋꿋이 은호를 만날 거고 계속 사랑할 거다.

"사랑 좋아하시네."

말자가 토하는 시늉을 하는 사이 버스가 정류장에 섰다.

"마루공원이다. 내리자."

말자 어깨를 톡 치고는 사람들을 따라 버스에서 내렸다. 내가 땅에 내려서자 삑 소리와 함께 버스 문 닫히는 소리가 났다. 황급히 뒤를 돌아보자 버스 뒷문에 달린 창 너머로 말자 얼굴이 보였다. 입 모양으로 '잘해 봐라.'라고 말한 말자가 씩 웃었다.

"새아야! 여기."

먼저 나와서 기다리고 있던 은호가 손을 흔들었다. 나는 왼손을 살짝 들어 올렸다 내렸다.

물 빠진 청바지에 연둣빛이 도는 네온 색 후드티를 입은 은호는 오늘도 반짝반짝 빛이 났다. 하긴 저렇게 생긴 얼굴이면 구멍 난 티셔츠를 입어도 빛이 날 거다. 내가 입고 있는 노란색 원피스를 내려다봤다. 오늘 데이트를 위해 엄마를 졸라 비싸게 산 새 옷이지만 어쩐지 초라해 보였다. 아무리 비싼 옷을 입어도 평범한 내가 빛이 날 일은 없을 것 같았다.

"오늘은 매니저 없이 혼자 왔네?"

고개를 끄덕이자 은호는 잘했다며 내 뒤통수를 쓰다듬었다.

"근데 웬일로 머릴 묶었어?"

"왜? 이상해?"

"아니, 너무 예뻐서. 푼 것도 묶은 것도 다 예뻐."

오늘도 나는 대꾸할 말을 찾지 못한 채 얼굴만 붉혔다.

은호는 만날 때마다 꼭 예쁘다는 말을 했다. 어떤 날은 밝은색 원피스가 잘 어울려서, 다른 날은 짧게 자른 손톱이 앙증맞아서, 보폭이 넓지도 좁지도 않고 적당해서, 내 얼굴빛에 어울리는 틴트를 발라서……. 넘쳐나는 이유 앞에서 난 늘 허둥댔다. 스타벅스에 가서 처음 주문할 때 어떻게 하는지 몰라 당황한 사람처럼, 스테이크를 처음 먹을 때 칼과 포크를 어느 손에 어떻게 잡아야 하는지 몰라 쩔쩔매는 사람처럼 말이다. 평범하기만 한 나에게 예쁘다고 말하는 건 그런 당황스러움과 쩔쩔맴을 동시에 주는 일이었다.

"버스 왔다."

은호가 갑자기 내 손을 잡았다.

"지금 못 타면 30분은 기다려야 돼."

은호는 버스 정류장 가장 끝에 선 버스를 꼭 타야 한다며 나를 잡아끌었다. 손바닥으로 그 애 온기가 전해졌다. 손이란 게 원래 이렇게 보드랍고 따뜻한 거였나? 태어나서 처음으로 누군가의 손을 잡아보는 기분이었다.

온기는 손바닥을 지나 팔뚝을 거쳐 가슴에 가닿았다. 그 온기를 놓치지 않으려 은호 손을 더 꽉 움켜쥐었다. 처음에는 움찔하던 은호도 이내 내 손을 더 꽉 잡았다. 묘한 느낌이 들었다. 마치 우리의 영혼이 서로를 부둥켜안고 있는 듯했다. 그때 알았다. 영혼은 손바닥 안에도 있을 수 있다는 것을. 아니, 영혼은 손바닥 안에 있는 게 분명했다.

우리는 그렇게 손을 맞잡고, 아니 서로의 영혼을 맞잡은 채 버스를 향해 뛰었다.

6. 나를 가득 채우는 사람

은호와 나를 태운 버스가 '새별 아트홀' 정류장에 멈춰 섰다. 기사 아저씨는 종점이라며 모두 내리라고 소리쳤다. 은호가 잡고 있던 내 손을 놓더니 먼저 버스에서 내렸다. 아직도 그 애 온기가 서려 있는 손을 가만히 내려다보았다. 평소와 다를 것 없는 손이 달라 보였다. 평범한 나에게서 손만큼은 아주 특별하고 소중한 그 무엇처럼 느껴졌다. 그 애와 함께라면 내가 가진 것들이 하나하나 특별해지고 결국에는 내 모든 것이 특별해질 것만 같았다.

"새아야, 얼른 와."

은호 손짓에 뛰다시피 버스에서 내렸다. 우리는 언덕 위에 있는 아트홀을 향해 걷기 시작했다. 나보다 보폭이 큰 은호가 내 발걸음에 맞추어 천천히 걸어 준 덕분에 나란히 걸을 수 있었다. 그 애와 함께 걸으니 가파른 언덕 길이 하나도 힘들지 않았다. 오히려 꽃길처럼 느껴졌다.

언덕을 한참 오르자 '새별 아트홀'이라고 쓰인 커다란 입간판이 보였다. 조금 더 걷자 5층 높이의 나무색 건물이 나타났다. 우리는 1층 매표소에서 표를 산 뒤 맨 위층으로 올라갔다.

5층 입구에는 '툰 레시 사진전 - 그곳'이라는 현수막이 붙어 있었다. 인터넷으로 검색해 본 툰 레시는 남들이 꺼리는 곳에서 찰나의 순간을 포착한 작품들로 유명한 작가였다. 이번 전시회 작품도 대부분 오지에서 찍은 것들이라고 했다.

"이 전시를 얼마나 기다렸는지 몰라. 빨리 들어가자."

흥분한 은호가 전시장 안으로 뛰듯이 들어갔다.

"이거 좀 봐. 이런 건 어떻게 찍었을까? 진짜 대단하지 않아?"

은호는 첫 번째 사진에서부터 감탄을 쏟아 놓았다.

"아무도 없는 데서 혼자 이런 걸 보면 어떤 기분이 들까?"

은호가 눈을 반짝이며 사진 하나를 가리켰다. 내 눈에는 사진이 들어오지 않았다. 내 눈은 오직 그 애 손만 좇았다. 길고 가느다란 손가락 끝으로 영혼이 한 줄기씩 뿜

어져 나오는 것 같아. 그런 생각만 들었다.

　은호는 오랜 시간을 들여 사진 하나하나를 음미했다. 그러는 동안 나는 그 애 손과 손가락만 응시할 뿐이었다. 우리는 그렇게 전시장을 다섯 바퀴쯤 돌고 밖으로 나왔다. 들어갈 때는 낮이었는데 나오니 저녁 먹을 시간이 다 되어 있었다.

　"배고프지? 밥 먹으러 가자."

　은호는 아트홀 뒤쪽에 있는 먹자골목으로 나를 데려 갔다.

　"다 왔어. 여기야."

　은호는 신데렐라나 백설 공주에 나올 것 같은 거대한 성 앞에 멈춰 섰다. 와 본 적 없는 곳인데도 이상하게 눈에 익었다. 성문 위쪽에 달린 '루비체'라고 쓰인 금색 간판을 보고 나서야 왜 그런지 알았다. 루비체는 SNS에서 추천 데이트 코스로 유명한 레스토랑이었다. SNS에는 자신이 다녀갔다는 증거로 찍은 인증샷이 많았는데 금색 간판 아래에서 찍은 것들이 유독 많았다.

　우리는 레스토랑 안으로 들어갔다. 높은 천장에 매달린 샹들리에가 가장 먼저 눈에 들어왔다. 수백 개의 유리알이 달린 샹들리에는 환하게 빛나고 있었다. 저 빛이 샹들리에가 품고 있는 전구에서 나오는 빛인지 유리알이 내뿜는 빛인지 궁금했다. 어느 쪽이든 샹들리에는 화려하고 도도하게 빛나고 있었다. 나도 저 샹들리에처럼 빛이 나면 얼마나 좋을까? 옆에 선 은호 얼굴을 슬쩍 봤다. 반짝반짝 빛나는 그 애 옆에서 내가 더 초라해 보이지는 않을까 걱정스러웠다. 그러면서도 반짝반짝 빛나는 그 애 옆에 있으면 나도 같이 빛나지 않을까 하는 기대가 생기기도 했다.

"어서 오십시오. 예약은 하셨습니까?"

와인색 양복을 차려입은 노신사가 말을 걸어왔다. 오른쪽 가슴에 달린 명찰에는 '총지배인'이라고 쓰여 있었다. 은호가 이름을 대자 노신사는 손에 들린 예약자 명단을 살폈다.

"예약하신 분 중에 서은호라는 분은 없습니다만."

"아닌데. 분명히 했는데요?"

두 사람은 몇 번이나 서로 같은 말을 반복했다.

"진짜 했다니까요. 이리 줘 보세요."

은호가 예약자 명단을 거칠게 낚아챘다. 노신사는 당황한 눈치였지만 은호가 명단을 살펴볼 수 있게 아무 말 않고 기다려 주었다.

"여깄네요. 서건일. 저희 아버지세요."

은호는 명단 한 부분을 손가락으로 툭툭 쳤다. 다시

명단을 받아 든 노신사가 이름을 확인했다.

"아, 그러십니까? 아버님 이름으로 예약을 하셔서 확인이 안 됐나 봅니다."

"그 봐요! 있잖아요!"

은호가 큰 소리를 쳤다. 명단을 제멋대로 가로챈 것도 모자라서 소리까지 지르다니. 윤 여사가 봤다면 등짝을 백번은 맞았을 상황이었다. 그만하라고 은호를 말리며 노신사 눈치를 살폈다. 은호는 더는 뭐라고 하지 않았지만 분한 듯 숨을 몰아쉬었다.

"불편하게 해 드렸다면 죄송합니다. 안내해 드리겠습니다. 따라오십시오."

은은한 미소를 띤 노신사는 정중한 태도로 우리를 안쪽 자리까지 안내했다.

"필요한 게 있으시면 언제든 불러 주십시오. 그럼 즐거운 시간 보내시길 바랍니다."

목례를 한 노신사가 돌아섰다. 노신사는 끝까지 정중했고 미소 역시 잃지 않았다. 은호에게 불평 한마디, 불편한 기색 하나 보이지 않고 가는 노신사를 보자 나라도 그분 편을 들어 줘야 할 것 같았다.

"너무한 거 아냐? 저분 잘못도 아니잖아."

"너무하긴 뭐가 너무해?"

"예약자 이름이 달라서 그런……."

"그 얘긴 그만해. 짜증 나."

은호가 그런 말을 하는 것도 신경질을 부리는 것도 처음 봤다. 그 애를 짜증 나게 한 게 나인 것만 같고, 나에게 짜증이 났다는 말 같아 더는 아무 말도 할 수가 없었다. 어색한 침묵이 흐르는데 치즈를 넣은 샐러드와 식전 빵이 나왔다. 은호네 아버지가 예약하고 결제까지 끝낸 A 코스 식사가 시작되었다.

"사진전 어땠어? 좋았지?"

은호가 아무 일 없었다는 듯 먼저 입을 열었다. 샐러드와 식전 빵을 다 먹고 파스타를 먹을 때였다.

"대답이 없는 걸 보니 별로였나 보네."

"…… 아니야."

은호 눈을 피해 포크로 파스타만 뒤적였다.

"솔직히 말해 봐. 네가 말 안 하면 뭘 좋아하고 싫어하는지 내가 모르잖아."

은호가 포크질하는 내 손을 슬쩍 잡았다 놓았다.

"별로라기보단 그냥……."

은호와 함께 사진전을 보는 일이 싫을 리 없었다. 단지 집중이 되지 않았을 뿐이다. 내 머릿속은 단 하나의 생각으로 가득 차 있었다. 우리 영혼이 서로를 부둥켜안고 있다는 것. 그것 말고는 아무 생각도 할 수 없었다. 사진전을 보는 내내 그랬다.

"…… 난 사진 잘 모르잖아."

내가 할 수 있는 최선의 변명이었다. 네 손을 보느라 사진에 집중이 안 됐다는 말은 파스타와 함께 목구멍으로 넘겨 버렸다.

"아, 그래? 내가 좀 알려 줄까?"

은호는 사진이란 무엇인지부터 사진 용어, 사진의 역사, 사진을 잘 찍는 방법 같은 걸 줄줄 읊어 댔다. 무슨 말인지 도통 이해가 안 갔다. 이해를 못 하니 흥미도 생기지 않았다. 그래도 은호 성의를 생각해서 잘 듣고 있다는 티를 내고 싶었다. 열심히 고개를 끄덕이며 듣던 나는 질문까지 하나 생각해 냈다.

"넌 사진을 언제부터 좋아한 거야?"

"알고 싶어?"

은호는 선뜻 대답하지 않고 뜸을 들였다.

"실은…… 내 첫사랑이 사진이랑 영화, 영상 그런 거 덕후였거든. 첨엔 잘 몰랐는데 같이 보다 보니 좋아지더라."

은호가 수줍은 듯 배시시 웃었다. 첫사랑이라는 말에 내 머릿속에는 이름 하나가 떠올랐다. 윤다희.

윤다희는 '서은호의 첫사랑', '남신의 첫사랑' 같은 이름으로 SNS에서 유명했고, 은호를 추종하는 여자들의 부러움과 질투를 한몸에 받았다. 그러거나 말거나 두 사람은 데이트하는 모습을 SNS 커플 계정에 자주 올렸다. 나 또한 종종 그 사진들을 본 덕분에 윤다희 얼굴을 또렷이 기억한다. 1, 2년 전인데도 어제 본 것처럼 선명했다. 새하얀 얼굴에 허리까지 내려오는 까만 생머리, 웃을 때면 볼에 패는 보조개, 렌즈를 낀 것처럼 반짝이는 커다란 눈망울에 진한 쌍꺼풀까지. 한마디로 윤다희는 누가 봐도 드라마 주인공처럼 '예쁜' 애였고, 은호와 완벽하게 잘 어울리는 애였다.

멍하니 은호를 바라봤다. 은호 얼굴에 윤다희 얼굴이 겹쳐 보였다. 아무리 생각해도 윤다희는 평범함으로 중무장한 나와는 완전히 다른 부류의 인간이었다. 그런 애를 만나던 은호가 지금은 나 같은 애를 만나다니. 은호는 도대체 왜 나를 만나는 걸까? 남들은 보지 못한 내 내면의 뭔가를 봤으리라 생각하지만 그건 내가 만들어 낸 이유일 뿐 진실은 아니었다. 한 번쯤은 그 애에게 진짜 이유를 물어보고 싶었다. 하지만 이번에도 묻지 못할 것이다.

진실이 언제나 좋은 건 아니었다. 진실이라는 이름으로 엄마가 내 평범한 성적을 지적하고, 아빠가 내 외모를 흠잡을 때 깨달았다. 진실은 때로는 너무 아픈 거였다. 내가 생각하는 것이 진실이라고 믿는 게 나 자신을 지키는 일인지도 몰랐다.

"야, 내 말 듣고 있어? 너 왜 그래?"

은호의 차가운 눈빛이 내 눈빛과 부딪쳤다. 움찔한 나는 재빨리 고개를 돌려 버렸다.

"넌 진짜 사람 답답하게 하는데 뭐 있다."

포크를 내던지듯 식탁 위에 올려놓은 은호가 자리를 박차고 일어섰다. 내가 입을 떼기도 전에 은호는 밖으로 나가 버렸다. 엉거주춤 일어선 나는 그 애 뒤를 따라 나갔다.

레스토랑 밖은 수많은 사람으로 북적였다. 외출 나온 가족, 데이트하는 연인들, 컴퓨터 게임이나 만화 속 캐릭터로 분장한 사람들, 영화를 보러 온 친구들까지. 다들 즐겁고 신나 보였다. 나도 저 사람들처럼 행복하게 웃으며 드라마의 한 장면처럼 예쁘게 데이트하고 싶었는데……. 현실은 화난 남자 친구 등을 보며 걷는 처량한 신세였다.

"미안해."

네온 색 티셔츠 끝단을 잡아당기자 은호가 그 자리에 멈춰 섰다. 지금 잡지 않으면 이대로 끝일 것만 같았다. 나는 많이 부족하고, 그 애에게 전혀 어울리지 않는 여자 친구일지 모르지만 이대로 영영 끝나 버리는 건 싫었다. 조금이라도 그 애 곁에 더 있고 싶었다. 그럴 수만 있다면 미안하다는 말 같은 건 얼마든지 할 수 있었다.

"뭐가?"

은호가 천천히 뒤돌아섰다.

"전부 다."

그냥 하는 말이 아니었다. 정말 모든 게 다 미안했다. 사진에 대해 잘 모르는 것도, 은호처럼 반짝이는 사람이 아닌 것도, 은호와 잘 어울리는 사람이 아닌 것도, 윤다희처럼 예쁘지 않은 것도 모두 다.

"알면 됐어. 앞으론 그러지 마."

은호는 그제야 웃었다. 가지런한 하얀 이가 보이도록 환하게 웃는, 내가 좋아하는 웃음을 지어 보였다. 그 애가 웃는 거로 됐다. 그 애의 웃음은 나에게 일종의 보상이자 상이었다.

"좀 걷자."

은호가 나에게 손을 내밀었다. 나는 가만히 그 애 손을 잡았다. 우리의 영혼이 다시 부둥켜안자 내 심장은 나여기 있다고 소리치듯 빠르게 두근거렸다. 요동치는 심장을 느끼며 진짜 살아있다는 게 이런 거구나 생각했다.

어느새 짙은 어둠이 내려앉았고 거리는 불빛으로 반짝였다. 걷다 보니 예매해 놓은 영화 시간을 놓쳤고 우리는 아쉬운 대로 멀티방이라도 가기로 했다. 주말이어서 그런지 가는 멀티방마다 자리가 없었다. 한 시간쯤 헤매고 나서야 겨우 자리가 있는 곳을 찾았다.

우리는 세 시간짜리 정액권을 끊고 무료 DVD 코너를 서성였다.

"보고 싶은 거 있어?"

나는 은호와 같이 있으면 뭘 보든 상관없었다. 그렇지만 은호는 보고 싶은 영화가 있을 것 같았다. 오늘 보기로 했던 영화도 그 애가 보고 싶다고 했던 거였다.

"이게 좋겠다."

은호가 DVD 하나를 빼 들었다.

"이게 아카데미상을 세 개나 받은 거거든."

아카데미상 얘기에 열을 올리는 은호와 함께 복도를 걸었다. 양옆으로 방이 늘어서 있는 복도를 지나 가장 끝쪽에 있는 6호실로 갔다. 민주에게 멀티방 얘기는 많이 들었지만 와 보는 건 처음이었다. 어떤 곳일지 궁금하기도 하고 긴장이 되기도 했다.

방문을 열자 환하게 켜진 형광등과 함께 진홍색 벽지가 눈에 들어왔다. 민주는 멀티방을 굉장히 음침한 곳인 듯 얘기했는데 전혀 아니었다. 민주 말처럼 방이 코딱지만 하지도 않았다. 누울 수 있을 정도로 커다란 소파에 컴퓨터, 텔레비전이 꽉 들어차 있는데도 답답하다는 느낌이 전혀 들지 않을 정도로 넓었다.

은호가 먼저 신발을 벗고 안으로 들어갔다. 은호는 리모컨으로 텔레비전을 켜고 DVD를 플레이어 안에 넣은 뒤 다시 리모컨 재생 버튼을 눌렀다. 그러고는 텔레비전 앞에 놓인 소파에 가서 앉았다. 모든 게 물 흐르듯이 자연스러웠다. 그때까지도 나는 방문 앞에 서서 그 애가 하는 행동만 바라보고 있었다.

"너도 와서 앉아."

은호가 옆자리를 손바닥으로 탕탕 두드렸다. 신발을 벗은 나는 쭈뼛거리며 그 애 옆에 가서 앉았다. 그 애에게서 나는 달콤한 바닐라 향에 머리가 아찔해졌고, 그 애가 나를 똑바로 마주 보자 숨이 잘 쉬어지지 않았다.

"영화는 이렇게 봐야 제맛이지."

은호가 리모컨으로 형광등을 껐다. 주위가 어두워지고 텔레비전에서 나오는 불빛만이 방 안을 가득 채웠다. 은호 얼굴이 잘 안 보이니 조금씩 숨이 쉬어졌다. 밝은 형광등 아래에서 그 애 얼굴을 보고, 그 애와 눈이 마주치면 숨이 멎어 버릴 것 같았다. 이렇게 어두운 곳에서라면 얼마든지 그 애를 훔쳐볼 수 있었다.

"영화는 안 보고 왜 나만 봐?"

은호와 눈이 마주쳤다. 밝은 형광등 아래가 아닌데도

그 애의 형형한 눈빛은 나를 꿰뚫었다. 밝고 어두운 건 상관없었다. 그 애와 눈이 마주치면 숨이 멎는 건 지구가 둥글다는 것과 계절의 순환처럼 당연한 자연의 섭리였다. 그것이 자연의 섭리라면 그 애에게 이 말을 하는 것 역시 자연스럽고도 마땅한 일이리라.

"은호야, 넌 정말 특별해. 넌 나를 가득 채우는 사람이야."

오래도록 가슴에 품었던 말이었다. 가슴 가득 고인 그 말을 쏟아 내야지만 제대로 숨을 쉴 수 있을 것 같았다. 그러지 않으면 이대로 숨이 콱 막혀 죽을지도 몰랐다.

은호가 아니어도 늘 숨이 막히긴 했다. 그 애가 주는 설렘과는 다른 숨 막힘이었다. 엄마가 주는 성적 스트레스와 아빠가 주는 외모 스트레스가 시시때때로 내 목을 조여 왔다. 나 역시 내가 완벽하지 않다는 걸, 불완전하다는 걸 안다. 하지만 엄마 아빠는 내가 그것을 깨닫지 못한다는 듯 언제, 어디서나 나를 몰아붙였다. 그 몰아붙임에 나는 점점 더 불안해졌고, 불안함은 구덩이처럼 점점 깊어져만 갔다. 불안함을 지워 내고 싶었지만 쉽지 않았다. 아무리 노력해도 내 성적은 제자리였고, 성형하지 않는 이상 내 얼굴은 그대로일 테니까. 하지만 은호는 달랐다. 내 평범한 성적과 외모를 들이밀며 내 목을 조이지 않았다.

"새아야, 괜찮아?"

은호는 늘 나를 걱정했다.

"넌 보고만 있어."

뭐든지 자기가 해 주겠다며 나섰다.

"새아야, 진짜 예쁘다."

언제나 어제보다 오늘이 더 예쁘다고 말해 주었다. 은호를 만나면서 알게 되었다. 나에게 필요한 건 누군가의 끊임없는 관심과 오롯이 나만을 향한 애정이었다는 것을. 그건 엄마 아빠가 단 한 번도 준 적 없는 거였고, 말자도 민주도 줄 수 없는 거였다.

가장 중요한 건 은호는 나에게 숨 막힘이 아닌 숨이 멎을 것 같은 설렘을 주었다는 것이다. 서늘한 바람만 불던 가슴이 두근대는 뭔가로 한껏 부풀어 올랐다. 부푼 가슴에 오래도록 품었던 말. 다른 사람들이 줄 수 없는 것을 나에게 준 그 애를 위한 말. 입 밖으로 내뱉지 않고서는 견딜 수 없던 말. 그 말을 오늘에야 비로소 그 애에게 온전히 전했던 것이다.

"가까이 와."

은호가 가늘고 기다란 손가락으로 내 턱을 끌어당겼다. 마법에 걸린 것처럼 두 눈이 스르르 감겼다. 그 애의 윗입술이 내 아랫입술에 닿는 순간 깨달았다. 나를 가득 채우는 사람. 그 애는 정말 그런 사람이었다.

7. 지하철 선행 여중생의 실체

　꿈같은 나날은 생각보다 오래가지 않았다. 지난밤 꿈
이 아무리 아름다웠어도 아침이 되면 깨어나야 하듯 나
역시 깨어날 때가 된 탓이었다. 영원히 꿈만 꾸며 살 수
는 없는 거니까. 은호와의 사이에 문제가 생긴 건 아니었
다. 우리는 처음 만났을 때보다 서로를 더 아끼고 사랑했
다. 시간이 지나면서 우리 사이는 조금씩 더 단단해지는
중이었다. 나를 꿈에서 깨어나게 만든 건 다른 거였다.
　지하철 선행 여중생의 실체.
　요즘 우리 학교 홈페이지에서 최고로 인기 있는 동영
상이었다. 동영상을 올린 사람은 자신이 누구인지 밝힐
수는 없지만 우리 학교 학생이라고 했다. 동영상은 그 사
람의 변조된 목소리로 시작한다.

"이건 저의 양심선언입니다. 우리 학교 자랑이라는 지하철 선행 여중생의 실체를 똑똑히 보십시오."

그 뒤로 영상이 이어진다. 주인공인 지하철 선행 여중생은 누군가에 의해 억지로 떠밀린다. 밀려나서 보니 옆에 쓰러진 할머니가 있다. 주인공은 할머니를 보며 욕을 뱉어 내는데 그 부분만 따로 편집했다.

"씨이이이바아아아아알. 씨이이이바아아아아아아알."

늘어지게 만든 욕설과 함께 동영상은 끝이 난다.

동영상 조회 수는 엄청났고, 그 밑에 달린 리플 수 역시 만만치 않았다. 리플 내용은 대부분 두 가지였다. 동영상을 올린 사람에 대한 격려이거나 지하철 선행 여중생에 대한 비난이거나. 거기서 끝이 아니었다. 그 동영상을 바탕으로 수많은 짤이 만들어졌다. 주인공 얼굴을 우스꽝스럽게 만들어 붙인 것, 주인공이 떠밀리는 장면을 합성해 절벽에서 떨어지는 것처럼 만든 것, 주인공이 옆에 있는 할머니를 발로 차는 듯한 모습으로 만든 것……. 사람들의 상상력은 끝이 없었다.

어느 아침 내가 교실에 들어섰을 때였다. 교실은 한순간 침묵에 휩싸였고 나를 바라보는 애들의 시선에는 날이 서 있었다. 머리끝이 서늘해졌지만 너희들이 아무리 그래도 난 괜찮아, 아무렇지도 않아 하는 표정을 지어 보이려 노력했다. 진짜로 그런 표정이 지어졌는지는 모르 겠다. 그랬길 바라면서 황급히 내 자리로 갔다.

"뻔순이 납셨네."

자리에 앉기도 전에 연지의 공격이 시작됐다. 자리는 바뀌었지만 이번 달에도 내 짝은 연지였다.

연지가 내뱉은 한마디에 적막함은 깨졌고 교실은 다시 소란스러워졌다. 애들의 날카로운 눈빛은 칼날이 되어 나 를 겨누었고, 뾰족한 말은 화살촉이 되어 내 심장을 향했 다. 애들은 오늘도 어제처럼 잔인했다. 오늘만큼은 멍청 하게 서서 칼날과 화살촉을 그대로 맞고 싶지 않았다. 나 역시 애들에게 고스란히 돌려주고 싶었다. 더 날카로운 칼날과 화살촉으로 애들에게 상처를 남기고 싶었다.

"지들은. 비겁한 주제에."

하지만 내가 할 수 있는 건 고작 그 정도였다. 처음에 는 무조건 애들과 맞서 싸웠다. 내 잘못이 아니라고 생각 했다. 자의든 타의든 그날 할머니를 도와준 건 나 하나였 다. 누군가를 도와준 걸 잘못이라고 하는 건 옳지 않았다. 그런데 애들이 나를 공격하면 할수록 그런 생각이 들었 다. 정말 내 잘못은 하나도 없는 걸까? 애들의 날카로운 시선과 가시 돋친 말은 자꾸만 나 자신을 의심하게 만들 었다.

"이게 지금 뭐라는 거야? 해보자는 거야?"

연지가 자리를 박차고 일어났다. 내가 은호와 사귀기로 한 다음 날부터 연지는 죽 이랬다. 나에 대한 경멸과 혐오를 숨기지 않았다. 더 이상 연지에게서 도도함이라든가 우아함 같은 건 찾아볼 수 없었다. 연지에게 남은 건 짜증과 화뿐인 듯했는데 그것을 모두 나에게 쏟아붓는다는 게 문제였다.

연지만 그런 건 아니었다. 많은 애들이 은호와 내가 사귀는 걸 못마땅해했는데 연지 역시 그런 애들 중 하나였을 뿐이다. 애들이 나를 못마땅해한 이유는 가지각색이었다. 자신이 좋아하는 은호에게 여자 친구가 있는 게 싫어서, 내 조건이 뭐 하나 그 애와는 어울리지 않아서, 내가 그 애 전 여자 친구보다 예쁘지 않아서, 그냥 마음에 안 들어서, 무조건 싫어서…….

"네가 먼저……."

입술을 달싹이다 그만두었다. 나라고 할 말이 없는 건 아니지만 안 하는 게 나았다. 내가 뭘 하든 그날로 전교에 소문이 쫙 퍼졌다. 좋은 일이든 나쁜 일이든 그랬다. 좋은 일은 분명 무슨 음모가 있을 거라고 수군거렸고, 나쁜 일은 실제보다 훨씬 더 나쁘게 부풀려졌다. 나에 대한 그 어떠한 소문도 더는 싫었다.

"왜 말을 하다 말아? 할 말 있으면 더 해 보셔."

입술을 비튼 연지가 위아래로 나를 훑어봤다.

"그만 좀 해라. 지겹지도 않냐?"

교실에 막 들어선 말자가 한마디 했다. 말자가 내 편을 들어 주자 코끝이 찡해 왔다. 예전 같으면 당연하다고 생각했겠지만 이제는 당연한 일이 아니었다. 언제부터인가 말자와는 소원한 사이가 되어 버렸다. 내가 은호와 사귀면서 함께하는 시간이 줄어든 탓도 있지만 더 큰 이유는 그날의 다툼 때문이었다.

그날 역시 꿈같은 날들 중 하루였다. 처음으로 은호와 함께 도서관에 가기로 한 날이어서 더 그렇게 느껴졌다. 드라마에서 커플들이 같이 공부하는 걸 보면 얼마나 부러웠는지 모른다. 남자 친구와 같이 공부를 하면 공부도 더 잘되고 성적도 쑥쑥 오를 것만 같았다. 생각만으로도 비실비실 웃음이 새어 나왔다.

"내 말 들었냐고!"

말자는 더는 참을 수 없다는 듯 목소리를 높였다.

"그래. 그냥 너 알아서 해."

"알아서 하라니?"

"버리든지 딴 애를 주든지 맘대로 하라고."

건성으로 대구를 하며 핸드폰 시계를 들여다봤다. 은호와 만나기로 한 시간이 얼마 남지 않았다. 오늘은 내가 먼저 약속 장소에 나가서 그 애를 기다리고 싶었다.

"그거 만드느라 들인 시간이 얼만데! 얼마나 공들였는지 알아?"

말자 목소리가 더 커졌다. 은호 님 짤을 만드느라 그동안 말자가 얼마나 수고를 했는지 모르는 건 아니다. 나를 위해서였다는 것도 안다. 그래서 말자에게는 늘 고마웠다.

"그래도 이젠 필요 없는 걸……."

나라고 하나도 아깝지 않은 건 아니었다. 그걸 만드느라 학원 버스도 놓쳤고 결국에는 그날 학원도 못 갔으니까. 하지만 내가 열을 올리던 '은호 사랑' 공모전 우승 상품은 더 이상 나에게 값어치가 없었다. 이미 그 애 여자 친구인 나에게 '서은호가 입던 땀 냄새에 전 체육복'이 무슨 의미가 있을까? 내가 부탁만 하면 은호는 나에게 그런 옷쯤이야 열 벌도 넘게 줄 수 있을 텐데.

"이젠 필요 없다? 그래, 잘 알았어."

말자가 찬바람을 일으키며 돌아섰다.

"야아~ 그게 아니고~~."

말자 팔에 매달렸다. 내가 말자에게 사과하는 방법 중 하나였다. 이 사과에는 순서가 있는데 먼저 말자가 돌아

보면 미안하다고 사과를 한다. 그러면 말자는 못 이기는 척 내 사과를 받아 준다. 마지막으로 비밀 결사를 한 분식집으로 화해의 떡볶이를 먹으러 가면 된다. 은호와의 약속 때문에 떡볶이는 못 먹겠지만 그래도 말자 팔을 붙잡고 흔들었다. 말자는 끝까지 나를 돌아보지 않았다.

"네가 서은호랑 사귀면서 예전만큼 못 어울리는 건 상관없는데, 내가 널 위해 만든 걸 쓰레기 취급하는 건 못 참아."

"무슨 말을 그렇게 해? 그런 뜻 아닌 거 알잖아."

"아니, 몰라."

말자가 내 손을 뿌리쳤다. 나도 더는 말자를 잡지 않았다. 아니, 잡지 못했다. 말자가 내 사과를 받아 주지 않은 건 처음이었다. 그것만으로도 충격이었는데 내 얘기는 들어 보지도 않고 쓰레기 어쩌고 하는 말자를 보니 어찌할 바를 몰랐다. 단 한 번도 말자가 만드는 걸 그렇게 생각해 본 적 없었다. 오히려 훌륭한 작품이라 생각했고 그런 걸 만들 수 있는 말자를 대단하다 여겼다. 그 말을 해야 했는데 이미 말자는 저 멀리 가 버리고 난 뒤였다.

그날 이후 우리는 서로에게 연락하지 않았다. 하루에 몇 번이고 주고받던 메시지도 전화도 일절 없었다. 한번 연락을 안 하기 시작하자 먼저 연락하는 게 힘들었고 시간이 지날수록 더 그랬다. 그렇게 우리는 점점 멀어져 서 먹한 사이가 되어 버렸다.

그랬던 말자가 애들 앞에서 내 편을 들어 준 것이다. 그동안 말자에게 연락하지 않고 꽁해 있던 게 부끄러웠 다. 따지고 보면 내가 잘못한 일이었고 내가 먼저 사과를 해야 했다.

"넌 빠져. 왜 끼어들고 난리야."

연지가 불만 가득한 눈으로 말자를 쳐다봤다. 그때 첫 교시 시작을 알리는 종이 울렸다.

"국어 온다."

뒷문으로 들어온 반장이 연지 팔을 톡 치고 지나갔다.

"암튼 운빨 하나는 끝내준다니까."

입술을 묘하게 비튼 연지가 자리에 앉았다. 비틀린 입 술을 보자 내 안에 뭔가도 뒤틀렸다. 나를 대하는 태도는 물론이고 말자에게 함부로 대하는 것도 모두 거슬렸다. 그렇다고 해도 내가 달리 뭘 할 수 있을까? 내가 할 수 있 는 거라고는 그런 연지를 보지 않으려고 책상 위에 엎드 려 버리는 것뿐이었다.

"다들 자리에 안 앉아?"

국어는 교실에 들어서면서부터 소리를 질렀다. 작고

빼빼 마른 몸에서 어쩜 저렇게 큰 목소리가 나오는지. 저
건 목소리가 아니라 허리까지 기른 머리카락에서 나오는
소리일지도 모른다.

"거기 엎드린 사람 누구야?"

국어가 또 소리를 지르자 연지는 내 이름을 또박또박
발음했다. 말자는 아파서 엎드려 있는 거라며 이번에도
내 편을 들어 줬다.

"정새아?"

국어는 연지가 댄 내 이름을 다시 한번 불렀다. 목소
리에서 짜증과 언짢음이 느껴졌다.

"왜 학교 홈피에 올라온 애 있잖아요. 할머니한테 욕하는
애요."

연지가 답답하다는 듯 한마디 하자 애들이 너도나도
껴들었다. 지하철 선행 여중생의 실체를 못 봤냐, 조회
수도 엄청나고 짤도 장난 아니게 많다, 욕 찰지게 한 그
애다 뭐 그런 얘기였다. 슬쩍 고개를 들자 흥분한 애들이
눈에 들어왔다.

"야! 너네는 욕 안 하냐? 더한 욕도 하잖아. 안 그래?"

말자가 항변했지만 아무도 호응해 주지 않았다.

"아…… 걔…….'"

국어는 잘 알겠다는 표정을 지으며 동그란 안경을 추

어울렸다. 전교생은 물론이고 교장 선생님까지 아는 걸 국어만 모를 리 없었다. 고개를 두 팔 사이에 다시 묻어 버렸다.

이해할 수가 없었다. 그 동영상 자체가 말이 안 되는 거였다. 누군가에 의해 악의적으로 편집된 게 분명했다. 욕을 한 건 맞지만 절대로 할머니에게 한 건 아니었다. 누군가가 나를 밀어서 반사적으로 튀어나온 감탄사였을 뿐. 그게 이렇게까지 지탄받을 일인지 정말 모르겠다.

도대체 내가 뭘 그렇게 잘못한 걸까? 처음부터 그 일을 생색낼 마음 따위는 조금도 없었다. 내 입으로 지하철 선행 여중생이라고 떠들어 대지도 않았다. 멋대로 나에게 그런 이름을 붙이고 나를 규정지은 건 사람들이었다. 그랬던 그들이 이제는 모든 게 거짓말이고 사기였다며 나를 거짓말쟁이에 사기꾼이라고 손가락질했다.

"책 펴."

국어가 손바닥으로 교탁을 두드렸다. 웅성대던 애들이 입을 다물고 책장을 넘기기 시작했다. 더 이상 아무도 나에게 신경 쓰지 않았다. 교실에 버젓이 앉아 있는데도 순식간에 투명 인간이 되어 버렸다.

투명 인간이 되고 싶었던 적이 있다. 어렸을 때 한 번쯤 그런 생각을 해 보지 않나? 투명 인간이 되어서 가 보지 못한 나라에도 가 보고, 비싼 음식점에서 맛있는 음식도 실컷 먹고, 나를 괴롭힌 애들을 혼내 주고……. 뭐 그런 상상 말이다. 내가 원할 때 투명 인간이 되는 건 좋지만 투명 인간 취급을 받는 건 다른 문제였다. 진짜로 안 보이는 게 아니라 안 보이는 척하고 무시하는 거니까.

그랬다. 애들은 나를 무시했고 내 존재를 부정하고 싶어 했다. 애들이 겉으로 내세운 이유는 내가 거짓말을 한 위선자이기 때문이었다. 애들은 내 모든 것이 거짓이라고 일갈했고 그 이유를 서은호에게서 찾았다. 선행 여중생 코스프레로 불쌍한 할머니를 이용해 순진한 서은호를 꼬신 거라고. 그게 정말 가능한 일일까? 내가 그런 일을 한다고 은호가 나에게 관심을 보이거나 사귀자고 할 확률이 얼마나 될까? 그건 아마도 0%에 가까울 것이다. 그런데도 애들은 그것이 기정사실인 양 나를 비난하고 손가락질했다. 애들은 내가 그런 쇼만 안 했으면 자신들이 그 애 여자 친구가 될 수 있었다는 듯, 나 때문에 자신들이 그 자리를 차지하지 못했다는 듯 나를 미워하고 증오했다. 결국 애들은 내가 거짓말쟁이여서가 아니라 평범하고 보잘것없는 내가 거짓말로 서은호의 여자 친구가 된 것이 괘씸했던 것이다.

"정새아! 계속 그러고 있을 거야?"

여전히 엎드려 있는 내게 국어는 또다시 소리를 질렀다.

"내 말 안 들려? 일어나!"

국어 목소리가 찢어질 듯 높았다. 더는 버틸 수 없을 것 같아 마지못해 허리를 곧게 폈다.

"수업 태도가 왜 그 모양이야?"

"……."

"대답 안 해?"

"……."

"그럴 거면 아예 나가!"

국어가 교탁 위에 교과서를 팽개쳤다. 진절머리가 난다는 얼굴을 한 국어는 내 앞으로 다가왔다.

애들이 여기저기서 킬킬댔다. 그들이 날을 세운 타깃이 누구인지는 분명했다. 숨죽인 채 잠자코 있으면 다음 타깃으로 넘어갈 거란 생각은 잘못된 거였다. 애들은 다음 타깃을 찾지 않을 것이다. 모두가 미워하는 이렇게 좋은 먹잇감을 놓칠 수는 없을 테니까. 내가 하는 모든 말이, 모든 행동이 전부 거짓이라고 손가락질하는 애들 사이에서 나는 뭘 할 수 있을까? 무슨 말을 할 수 있을까?

의자 뒤에 걸어 놓은 가방을 낚아챘다.

"너 지금 뭐하니?"

국어 얼굴이 빨개졌다. 나가라고 할 때는 언제고 정말

나가려고 하자 국어는 화를 냈다. 저 앞자리에서 말자가 나를 향해 고개를 흔드는 게 보였다. 그러지 말고 참으라고, 참는 게 이기는 거라는 말자 목소리가 들리는 듯했다. 아마 윤 여사였어도 같은 말을 했을 것이다. 하지만 나는 그렇게 할 수 없었다. 그렇게 하고 싶지 않았다. 입술을 꽉 깨문 채 교실을 빠져나왔다.

교실 안이 술렁이는 듯하더니 이내 조용해졌다. 애들은 무슨 생각을 할까? 먹잇감이 사라져서 아쉬울까? 아니면 투명 인간이 사라졌으니 사라진지도 모를까?

국어가 교과서에 실린 시를 읽는 소리가 들렸다. 눈앞이 부예지는가 싶더니 이내 눈에서 눈물이 뚝 떨어져 내렸다. 내용은 잘 들리지 않았지만 슬픈 시가 틀림없었다. 분명 그랬을 것이다.

8. 마녀의 저주

하릴없이 이리저리 길거리를 돌아다녔다. 곧장 집으로 가고 싶지는 않았다. 적어도 학교가 끝나는 시간까지는 밖에서 버티다 들어갈 생각이었다. 집에 일찍 가면 귀찮아지기만 할 터였다. 윤 여사가 왜 이리 일찍 왔냐고 꼬치꼬치 물으며 걱정할 게 뻔했다. 언제나처럼 대차게 등짝을 맞을지도 모를 일이었다.

시간을 때우려면 뭐부터 해야 할까? 머릿속으로는 영화를 볼까? 노래방을 갈까? 스타벅스에 갈까? 생각은 많은데 그 어떤 것도 쉽사리 실행에 옮겨지지는 않았다.

- 뭐해?

민주에게 메시지를 보냈지만 답은 오지 않았다. 학교에서는 핸드폰을 꺼 놓는 애였기에 예상했던 일이다. 알면서도 메시지를 보낸 건 누군가와 무슨 말이든 하고 싶어서였다. 일방적으로 듣는 비난이 아닌 대화를 나눌 친구가 필요했다. 민주는 말자만큼이나 내 얘기를 잘 들어 줬다. 워낙에 주변 사람들을 잘 챙기는 애였지만 유치원 때부터 함께 해 온 사이라 그런지 유독 나에게 더 신경을 써 주곤 했다.

핸드폰을 다시 한번 들여다봤다. 역시나 답장은 없었다. 메시지 창에 무의식적으로 은호 이름을 쓰고는 멈칫했다. 내가 당한 일을 시시콜콜 말하고 싶진 않았다. 은호에게까지 걱정을 끼칠 필요는 없을 것 같았고, 그런 말을 하는 자체가 자존심 상하기도 했다. 물론 그 애는 이미 알고 있을 것이다. 학교 내에서 소문이란 바람보다 빨랐다. 남자반, 여자반으로 나눠 아예 다른 건물을 쓴다해도 그랬다. 은호를 추종하는 무리가 그 애에게 내 소문을 실시간으로 퍼 나르는 것도 한몫했다.

- 혹시 내 얘기 들었어? ^^;
- 난 괜찮으니까 너무 걱정하지 말라고♡

은호에게 메시지를 전송했다. 걱정하지 말라는 건 진심이 아니었다. 그 애가 나를 걱정해 주기를, 내 걱정에 다른 일은 손에 잡히지 않기를 바랐다. 내가 당한 일을 모르길 바라면서도 한편으로는 그 애에게 위로받고 싶었다. 내가 지금 기댈 수 있는 건 그 애뿐이니까. 하지만 답장은 오지 않을 것이다. 요 며칠간 계속 그래 왔듯이.

발걸음을 옮기려는데 핸드폰에서 메시지 알림음이 울렸다. 화면에는 은호 이름이 떠 있었다.

- 그래... 기운 내라...

은호에게서 답장을 받은 게 얼마 만인지 모르겠다. 무미건조한 내용이었지만 그 애에게 들었던 어떤 말보다 그 애에게 받았던 어떤 메시지보다 더 가슴 떨렸다.

어느 날부터인가 은호가 보내는 메시지는 모두 그랬다. 어떤 감정도 느껴지지 않는 의무적인 답장뿐이었다. 처음 몇 번은 대수롭지 않게 넘겼는데 계속 그러자 신경이 쓰였다. 은호 역시 애들이 만들어 낸 소문을 믿는 걸까? 그래서 나에게 이러는 걸까? 그럴지도 모른다는 생각이 들자 다른 건 생각할 겨를이 없었다. 그 애에게 소문이 사실이 아니라는 걸 알려야 한다는 생각뿐이었다.

그래서였다. 무작정 그 애 집 앞으로 찾아간 것은.

그날은 은호가 수학 학원에 갔다가 저녁 8시쯤 집으로 돌아오는 날이었다. 집 앞에서 그 애가 오기를 하염없이 기다렸다. 9시가 다 되어 가는데도 그 애 모습은 보이지 않았다. 30분만 더 기다리고 가야지 생각할 때 그 애가 나타났다.

"은호야!"

"네가 왜 여기 있어?"

은호는 진심으로 놀란 표정이었다.

"메시지에도 답이 없고 전화도 안 받아서. 무슨 일 있나 걱정이 돼서 와 봤어."

"그렇다고 여길 오면 어떡해? 누가 보면 어쩌려고?"

은호는 나를 끌고 근처 놀이터로 갔다. 남자 친구와 밤에 놀이터에 가는 건 꽤 낭만적일 거라고 생각했다. 드라마를 보면 그런 데서 사랑 고백을 하거나 서로 그네를 밀어 주며 사랑을 속삭였다.

놀이터에는 생각보다 사람이 별로 없었다. 맨손 체조를 하는 아주머니 몇몇과 강아지를 산책시키는 사람 두서넛이 전부였다. 은호는 그네에 앉아 운동화 앞코로 흙바닥만 파고 있었다. 그 애가 먼저 무슨 말이든 하길 바랐는데 그런 일은 일어나지 않았다.

"혹시…… 나한테 뭐 화났어?"

"아니."

"그럼 내가 뭐 잘못한 거 있어?"

"아니."

"근데 왜 그래?"

"뭐가?"

은호는 정말 무슨 말인지 모르겠다는 표정을 지었다. 말을 해야 할지 말아야 할지 망설여졌다. 혹시 나 혼자 오해를 하고 있는 것인지도 모르고, 너무 예민하게 구는 것인지도 몰랐다. 그래도 이번만큼은 확실한 그 애 대답이 듣고 싶었다. 네가 오해한 거라고, 네가 예민한 거라고, 아직 널 좋아한다고, 사랑한다고, 언제까지고 너와 함께 있을 거라고……. 나에게는 그런 말들이 절실하게 필요했다.

"요즘 연락도 뜸하고. 내가 연락해도 답장도 잘 안 하길래."

"바쁘면 그럴 수도 있지. 뭘 그런 거로 사람 피곤하게 하냐?"

"내가 찾아온 게 피곤해?"

"네가 이렇게 꼬치꼬치 따지는 게 피곤하다고. 스토커

처럼 남의 집에 찾아오질 않나."

"그게 아니고……."

"됐고. 우리 당분간 시간을 좀 갖자."

은호는 시간만 지나면 모든 것이 좋아질 거라고, 모든
게 해결될 거라고 했다. 그 애 말처럼 시간이 흐르면 내
상황이 지금보다는 나아질지도 모른다. 하지만 그 애가
말한 '시간을 갖자'는 단순히 시간을 흘려보내자는 뜻은
아닐 터였다.

"헤어지자고?"

"말귀 못 알아들어? 잠잠해질 때까지만 거리를 두고
생각 좀 해 보자고. 너 사람 질리게 한다 진짜."

그네에서 일어선 은호가 땅바닥에 침을 뱉고는 돌아
섰다. 그 애가 뱉어 버린 침을 멍하니 바라봤다. 그 애가
뱉어 버리고 싶었던 건 침이 아니라 내가 아니었을까? 내
가 너무 평범해서, 아니 이제는 평범하지조차 못해서 나
를 뱉어 버리고 싶은 건 아닐까? 그런 생각이 나를 초라
하고 비참하게 만들었다. 그렇다 해도 은호가 뱉어 낸 침
처럼 그 애에게서 떨어져 나와 바닥에 곤두박질칠 수는
없었다. 나를 정말 초라하고 비참하게 만드는 건 그 애를
잃는 거였다.

그 밤의 놀이터는 여느 드라마와도, 내가 상상하던 것

과도 완전 달랐다. 하나도 낭만적이지 않았다.

놀이터에서 그렇게 가 버린 뒤 은호는 더 냉랭하게 굴었다. 내 전화를 받지도 않고 메시지에 답장도 하지 않았다. 그랬던 애가 내 메시지에 답장을 보낸 것이다. 무미건조한 말투에 하트는커녕 웃는 이모티콘 하나 없지만 답장을 보냈다는 것 자체가 중요했다. 다시 은호와 잘해 볼 기회라는 생각이 들었다. 어쩌면 마지막 기회인지도 몰랐다.

길바닥을 서성이다 학교가 끝나는 시간에 맞춰 한강 공원으로 갔다. 은호는 매주 수요일 이 시간에 한강 공원에서 친구들과 농구를 했다. 농구가 끝나는 시간이 우리가 데이트를 시작하는 시간이었다. 오늘은 그 시간이 되어도 우리가 데이트하는 일은 없을 것이다. 그 애가 말한 대로 지금은 서로 거리를 두고 생각을 정리하는 때였으니까. 그렇다 해도 오늘은 은호를 꼭 만나야 했다. 마지막 기회인지도 모른다는 생각이 나를 한강 공원으로 이끌었다.

농구 코트 주변이 시끌벅적했다. 대부분이 은호를 따라다니는 열성 팬들로 내 눈에도 꽤 익은 애들이었다. 애들은 나를 보더니 자기들끼리 쑥덕댔다. 뻔뻔한 년, 무슨 염치로 여기 나타나 같은 말들이 드문드문 들렸다. 눈치가 보이긴 했지만 그 애들을 신경 쓸 겨를이 없었다.

"은호야!"

일부러 밝은 목소리를 냈다. 농구 코트에서 몸을 풀던 은호가 고개를 돌렸다. 나를 알아본 은호는 내 곁으로 성큼성큼 다가왔다. 가까이에서 본 그 애 얼굴은 굳어 있었다.

"따라와."

은호가 움켜쥔 손목에서 거센 악력이 느껴졌다. 놓으라는 말을 할 틈도 없이 그 애는 나를 잡아끌었다. 주변에 있던 열성 팬들이 영화의 한 장면 같다며 꺅꺅거렸다. 은호는 나를 잡지 않은 손으로 그 애들에게 따라오지 말라는 손짓을 했다.

강이 보이는 벤치 앞에서 은호는 손에 힘을 풀었다. 그 애가 잡았던 손목은 붉게 변해 있었고 얼얼한 기운이 느껴졌다.

"여긴 왜 또 나타났어? 또 스토커 짓이냐? 성가셔 죽겠네."

은호는 짜증부터 냈다. 반가워할 거라고는 생각하지 않았지만 이런 말을 들을 줄은 몰랐다.

"너 사람 말을 못 알아듣는 거야 아님 못 알아듣는 척하는 거야? 당분간 시간을 갖자는 말 잊었어? 제발 나 좀 내버려 두라고."

은호는 계속해서 나를 몰아붙였다. 할 수만 있다면 그 애가 원하는 대로 해 주고 싶었다. 그 애가 하자는 대로 하면서 시간이 가기를 기다릴 수만 있다면 말이다. 하지만 은호가 생각하는 시간과 내가 생각하는 시간의 길이는 다른 듯했고, 지금 내가 기댈 데라고는 그 애 뿐이기에 죽을힘을 다해 매달릴 수밖에 없었다.

"꼭 그래야 돼? 같이 생각해도 되잖아."

"그건 네 생각이고. 너랑 같이 있으면 골치가 다 아프다고. 어쨌든 다 네 탓인 건 맞잖아!"

'네 탓'이라는 한마디에 모든 것이 무너져 내렸다. 다른 사람들이 하는 말은 어느 정도 참을 수 있었다. 그 말은 진실이 아니라고 나를 모르는 사람들이 하는 말이니 신경 쓸 것 없다 여겼다. 하지만 은호가 그렇게 말하는 건 참기 힘들었다. 그 애마저 나를 그렇게 생각한다면 나는 누구를 믿고, 누구를 의지해야 하는 걸까?

"정말 그렇게 생각하는 건 아니지? 그거 다 헛소문이야."

"아니 땐 굴뚝에 연기 나겠냐? 네가 잘못한 게 있으니까 그런 소문이 난 거겠지."

은호 역시 애들과 마찬가지로 모든 소문이 사실이라고, 전부 내 잘못이라 단정 짓고 있었다. 그 애가 오해하도록 내버려 둘 수는 없었다. 그 애만이라도 소문이 거짓이라는 걸, 내 잘못이 아니라는 걸 알아줘야 했다.

"아냐. 그건 애들이 멋대로 지어낸 말이야."

"확실해? 아니다. 네가 하는 말을 어떻게 믿겠냐?"

은호가 나를 쏘아봤다. 그냥 노려보는 것과는 차원이 다른 서늘함이 느껴졌다. 그 누구도 나를 그런 식으로 본 적은 없었다. 나를 아무리 미워하는 애들일지라도 저런 눈빛을 보내지는 않았다. 한 번도 본 적 없는 그런 차갑고 잔인한 눈빛이 나를 훑고 지나갔다. 온몸에 소름이 돋았다. 그런 은호가 너무도 낯설었다. 마치 마녀의 저주를 받아 한순간에 변해 버린 사람 같았다. 어느 동화에서처럼 이름을 불러 주면 그 애가 이 저주에서 풀려날 수 있을까?

"은, 은호야……."

더는 목소리가 나오지 않았다. 이 저주를 풀 수만 있다면 그 애 이름을 백 번이고 천 번이고 불러야 하는데……. 인어 공주라도 된 것처럼 아무리 애써 보아도 단 한마디도 더 할 수 없었다. 마녀의 저주를 받은 건 그 애가 아니라 나인 걸까?

"남 탓하기 전에 너 자신을 좀 돌아보지 그래?"

은호는 끝까지 내 편을 들어 주지 않았다. 끝끝내 내 탓이라며 나를 질책했다. 아니라고, 나를 믿어 달라고 말해야 하는데 여전히 목소리는 나오지 않았다. 입을 열려고 꾹꾹대는 나를 그 애는 한심하다는 듯 바라봤다. 그때 은호를 찾아 헤매던 열성 팬들이 모습을 드러냈다.

"새아야, 괜찮아?"

은호가 내 곁에 바짝 붙어 섰다. 그 애 얼굴은 걱정으로 가득했고 목소리는 감미로웠다. 언제나 나더러 예쁘다고 속삭여 주던 바로 그 목소리였다. 열성 팬들이 나타남과 동시에 그 애에게 걸린 저주가 풀린 듯했다. 그 애는 내가 알던 세상 다정한 은호로 돌아와 있었다.

"웃어. 애들이 보잖아."

이를 악문 은호는 웃으며 내 머리를 쓰다듬었다. 그 애 손길이 스칠 때마다 온몸에 소름이 돋더니 이내 떨리기 시작했다.

떨림이 심해지자 은호가 두 팔로 내 목을 끌어안았다. 몸을 빼내려고 하면 할수록 그 애는 두 팔에 힘을 주어 내 목을 더 꽉 조였다. 그 애에게서 나는 진한 바닐라 향 때문인지 내 목을 조이는 힘 때문인지 숨이 잘 쉬어지지 않았다. 익숙한 숨 막힘이었다. 그 애는 더 이상 나에게 숨이 멎을 것 같은 사람이 아닌 엄마 아빠처럼 내 목을 졸라 숨 막히게 하는 사람이었다.

은호 열성 팬들이 우리 코앞으로 다가왔다.

"다 봤어? 쑥스럽게."

은호는 내 목을 조이고 있던 팔을 풀고는 멋쩍은 듯 웃었다. 그 애 팔이 내 몸에서 떨어지자 떨림은 조금씩 잦아들었다. 그럼에도 목은 여전히 뜨거운 것에 덴 것처럼 화끈거렸다.

"아니에요, 오빠! 완전 멋있어요. 무슨 영환 줄 알았다니까요."

카메라를 목에 건 여자애 말에 다른 애들도 맞장구를 치며 목소리를 높였다.

"역시 은호 오빠라니까요. 사람들이 다 오빠 멋지다고 난리예요. 저런 것도 여자 친구라고 끝까지 감싼다고요."

초록색 원피스를 입은 애가 한마디 거들었다.

"저런 거라니? 말이 너무 심한 거 아냐?"

은호가 정색하자 초록색 원피스는 곧 울 것 같은 얼굴이 되었다.

"죄송해요. 저희끼리 하던 말이 버릇돼서."

"앞으론 그러지 마."

은호는 엄하면서도 다정한 말투로 초록색 원피스를 나무랐다. 초록색 원피스는 홀린 듯이 고개를 끄덕이며 계속해서 자기 잘못을 빌었다.

"나 말고 새아한테 직접 사과해."

은호가 한 손으로 내 어깨를 감쌌다. 그 애 손이 몸에 닿자 다시 떨림이 시작됐다. 초록색 원피스는 입을 삐죽이며 싫은 티를 냈다. 원망스러운 눈으로 은호를 쳐다보기도 했지만 어쩔 수 없다고 생각한 듯 힘겹게 입을 열었다.

"…… 죄송해요."

"그래. 그래야지."

은호가 흐뭇한 얼굴로 정말 잘했다며 초록색 원피스를 칭찬했다. 초록색 원피스는 세상을 다 가진 듯 환하게 웃었다. 조금 전의 원망스러움 같은 건 이미 사라진 듯했다.

"새아야, 뭐해? 사과 받아 줄 거지?"

은호가 대답을 재촉하며 나를 지그시 바라봤다.

은호와 눈을 맞추는 순간에도 모든 것이 비현실적으로 느껴졌다. 그 애가 보였던 차가운 눈빛, 냉소적인 말투, 나를 대하는 고압적인 태도와 행동……. 그런 것들이 실제로 일어난 일이 맞는지 가늠이 안 됐다. 어쩌면 또다른 꿈을 꾸고 있는 건 아닐까? 그동안 너무 좋은 꿈만 꿔서 이제는 악몽을 꿀 차례가 된 것인지도 모른다. 그런 거라면 빨리 깨어나야 했다. 좋은 꿈이든 나쁜 꿈이든 상관없이 이제 그만 깨어나고 싶었다. 그때까지도 내 몸은 미친 듯이 떨리고 있었다.

9. 세기의 로맨티스트

국어 시간에 교실을 뛰쳐나온 다음 날 나는 아무 일도 없었다는 듯 학교에 갔다. 부모님의 꾸중이나 윤 여사의 걱정, 담임의 연락 때문이 아닌 순전히 은호 때문이었다.

"이젠 특별한 건 바라지도 않아!"

은호는 평범하기만 하라고, 그게 안 된다면 평범한 척이라도 하라고 했다. 그 애는 내가 정해진 시간에 학교와 학원에 가고, 친구들과 소소한 얘기를 나누며 웃고 떠들기를 바랐다. 한때는 내게도 일상이었지만 지금은 누릴수 없는 것들이 그 애가 말하는 평범함이었다. 평범하디평범했지만 이제는 평범할 수조차 없는 게 바로 나라는걸 그 애는 모르는 듯했다.

"아무 일도 없는 척 지내면 되잖아. 그게 그렇게 어려워?"

은호가 원하는 건 그런 거였다. 평범할 수조차 없는 나일지라도 그 애가 원하는 거라면 기꺼이 해 줄 수 있었다. 애들이 아무리 손가락질하고 욕을 해도 아무렇지 않은 척하는 것. 그게 요즘 내가 가장 잘하는 일이었으니까.

더 이상 나는 지하철 선행 여중생이 아니었다. 애들의 칭찬과 부러움을 한몸에 받던 일 역시 까마득했다. 지금 나에게 남은 거라고는 '서은호 여자 친구'라는 타이틀뿐이었다. 그것 때문에 더 많은 멸시와 손가락질을 받는 것도 사실이지만 그마저도 없어진다면……. 모든 걸 다 잃는다는 생각만으로도 끔찍하게 두려워졌다. 억울하기도 했다. 적어도 하나는, 아니 단 하나만이라도 잃고 싶지 않았다. 그게 허울뿐인 타이틀이라 할지라도 나에게는 절실했다.

은호를 위해 그리고 나를 위해 학교에 갔고, 늘 그랬듯이 아무 일도 없는 척을 했다. 이런 내 행동에 애들은 치를 떨었다. 수군거림과 비웃음은 그 어느 때보다 적나라했다. 다시 기어들어 올 거면서 왜 뛰쳐나간 거냐, 인생 자체가 쇼다, 낯짝도 두껍다……. 이런 말들은 애교로 느껴질 정도였다.

"이젠 그만들 좀 해라. 지겹지도 않냐?"

말자가 두 손바닥으로 책상을 박력 있게 내리쳤다. 몇

몇이 말자를 힐끔거렸지만 대부분은 말자가 그러든지 말
든지 관심도 없었다.

"너도 뭐라고 해. 가만있지 말고."

말자가 내 책상 위에 바나나우유를 올려놓았다. 내가
자기에게 한 잘못 따위는 다 잊었다는 듯 구는 말자가 그
어느 때보다 고마웠다. 그렇다고 말자가 내민 손을 덥석
잡을 수는 없었다.

"이러지 마."

우리가 친하게 지내는 게 말자에게 도움이 될 리 없었
다. 애들은 나와 친하다는 이유만으로 말자에게도 날을 세
울 것이다. 그런 칼날은 나 혼자 맞는 것으로 충분했다. 말
자까지 끌어들이고 싶지는 않았다. 내가 말자에게 해 줄
수 있는 건 그것뿐이었다.

"뭘?"

"애들 앞에서 내 편 들지 말라고. 애들이 뭐라든 그냥 둬."

말자는 이해할 수 없다며 다시 따지고 들려 했지만 제
발 부탁이라는 내 말에 한발 물러섰다.

"나중에 내가 연락할게. 그때 다시 얘기하자."

"알았어. 꼭 연락해라."

한참을 서성이다 제 자리로 간 말자는 더는 나에게 아
는 척이나 친한 척을 하지 않았다. 그렇다고 나를 아주

모르는 척 한 건 아니었다. 수업 시간은 물론이고 쉬는 시간에도 힐끔거리며 내 동태를 살피곤 했다. 그런 말자를 볼 때마다 먼저 말을 걸고 싶은 마음이 굴뚝같았지만 그럴수록 더 이를 악물고 버텼다. 윤 여사가 봤다면 미련 곰탱이 같은 짓도 한다며 등짝을 때렸겠지만 나는 그게 애들의 공격으로부터 말자를 지킬 수 있는 유일한 방법이라 믿었다.

어느새 종례 시간이 되었다. 견디고 견디다 보니 숨막히는 시간이 전부 지나가긴 했다.

"…… 나중에 남는 건 친구뿐이야. 그러니까 친구한테 상처 주는 행동은 하면 안 돼. 다들 무슨 말인지 알지?"

담임이 우리를 휘 둘러봤다. 교실은 불편한 침묵으로 가득 찼고 애들은 딴청을 부렸다. 나와 눈이 마주친 담임은 고개를 끄덕이며 웃었다. 차라리 담임도 다른 선생님들처럼 모르는 척, 못 본 척했으면 좋겠다. 담임이 하는 그렇고 그런 말들은 절대 나에게 도움이 되지 않았다. 아무 말도 하지 않고 종례를 일찍 끝내주는 게 나를 위하는 길이라는 걸 담임은 죽었다 깨어나도 모를 것이다. 내 바람은 단 1분이라도 빨리 이 지긋지긋한 학교를 벗어나는 거였다. 이제는 어디서나 숨이 잘 쉬어지지 않았다. 어디서든 누군가가 내 목을 조이는 것만 같았다.

종례가 끝나자마자 교실 밖으로 뛰쳐나갔다. 운동장으로 나오니 그제야 숨이 좀 쉬어졌다. 한껏 숨을 들이마시고는 발걸음을 재촉했다. 애들이 나오기 전에 빨리 사라지고 싶다는 생각뿐이었다.

교문을 나서는데 누군가가 내 앞을 막아섰다.

"오늘 어땠어? 괜찮았어?"

은호가 하얀 이를 드러내며 웃자 나도 모르게 뒤로 한 걸음 물러서졌다. 그 애가 나를 기다릴 줄은 몰랐다. 학교가 끝나면 서로 기다렸다 같이 가는 게 당연하던 때가 있었지만 이제는 아니었다.

"어젠 내가 너무 심했지? 나도 속상해서 그랬어. 미안해."

은호는 내 앞에 뭔가를 들이밀었다. 투명한 포장지에 싼 빨간 장미 한 송이였다. 그 애는 어젯밤에 사 놓은 거라 좀 시들었다며 시무룩해했다. 장미를 받아 들자 손목에 시큰한 기운이 느껴졌다. 고작 꽃 한 송이라고는 생각할 수 없을 만큼 묵직했는데도 손은 떨려왔다.

지나가던 연지가 우리를 보고 멈춰 섰다.

"할튼 대단해. 이런 상황에서도 남친이랑 시시덕댈 생각뿐이지?"

누군가가 한마디 하기만을 기다렸다는 듯 주변에 있던 애들도 한마디씩 보탰다. 남자 후리는 재주는 타고났

네부터 남자 없이는 못 사는 년까지. 레퍼토리는 다양하고도 잔인했다.

"야~ 서은호 머리 올빽한 거 완전 잘 어울린다."

"은호 오빠야 뭘 해도 멋지지."

그 와중에도 은호를 찬양하는 무리는 그 애를 칭찬하는 일에 열을 올리고 있었다. 지나가던 몇몇 애들이 나를 불쌍하다는 듯 쳐다봤지만 누구 하나 내 편을 들어 주지는 않았다. 당연하고도 현명한 처사였지만 씁쓸한 기분이 드는 건 어쩔 수 없었다.

"하긴 그 자리 꿰차려고 한 짓이 있는데 쉽게 포기가 되겠어?"

내 씁쓸한 기분에 결정타를 날린 건 연지였다.

"너 지금 뭐라고 했어?"

기분 나쁜 표정을 지은 은호가 연지 쪽으로 성큼성큼 다가갔다. 지켜보고 있던 애들도 은호를 따라 연지 곁으로 우르르 몰려갔다.

"어머~ 설마 모르니? 쟤가 너랑 사귀려고 그 쑈를 한 거 아냐. 지하철 선행 여중생 어쩌고 하면서."

"쑈라니. 그게 다 너 같은 애들이 만들어 낸 헛소문이잖아."

"헛소문 아냐. 동영상 못 봤어? 다 사실이잖아."

"내가 볼 때는 네 헛소리 같은데?"

은호가 몰아붙이자 연지 눈동자가 흔들렸다.

"뭐? 난 널 위해서⋯⋯."

"아니, 나 위하지 마. 네가 그럴 필요 없으니까."

은호가 단호히 고개를 젓자 연지 눈에 눈물이 차올랐다. 연지 반응에 당황한 건 나였다. 내가 아는 연지는 그런 말 한마디에 눈물 흘릴 애가 아니었다. 오히려 더 악을 쓰고 이기려고 덤벼들어야 했다.

"연지가 초등학교 때부터 은호 좋아했다더라."

내 옆으로 다가온 말자가 흘리듯 말하고는 사라졌다. 그 말을 듣자 연지의 눈물이 어느 정도 이해가 되기는 했다. 하지만 은호를 좋아한다는 이유만으로 연지가 나에게 한 못된 행동들이 정당화될 수는 없다. 은호를 좋아하는 모두가 그 애 여자 친구라는 이유만으로 나에게 돌을 던질 수는 없는 거였다.

"앞으론 누구든 내 여자 친구 안 괴롭혔으면 좋겠어."

은호는 주위에 있는 애들과 하나하나 눈을 맞췄다. 부탁처럼 들렸지만 협박 같은 그 말에 애들이 술렁였다.

"새끼 또 똥폼 잡고 있네."

지나가던 남자애 하나가 비아냥거렸다. 은호 얼굴이 일그러지자 어디선가 몰려온 친구들이 남자애를 끌고 가 버렸다.

"어머~ 은호 님은 찡그린 얼굴도 아트다 아트."

은호를 추종하는 무리는 핸드폰 카메라로 일그러진 은호 얼굴을 찍어 댔다.

"네 실체를 알면 서은호도 달라질 거야. 얼마나 가는지 두고 보자."

어느새 내 옆으로 다가온 연지가 낮게 읊조렸다. 연지는 울먹이면서도 나에게 겨눈 칼날은 끝내 거두지 않았다.

"서은호 너도 정신 차려!"

그 말을 마지막으로 연지는 뛰듯이 교문을 빠져나갔다. 연지가 가 버리자 구경하던 애들도 흥미를 잃은 얼굴로 하나둘 자리를 떴다. 은호를 추종하는 무리만이 여전히 그 애를 응시하며 자리를 지키고 있었다.

"우리도 갈까?"

은호가 손을 내밀었다. 장미를 들지 않은 손으로 조심스레 그 애 손을 맞잡았다. 은호가 웃으며 손깍지를 끼자 흠칫 놀랐다. 그 애와 손을 맞잡으면 따뜻한 기운이 내 심장을 감싸 안고 우리의 영혼이 서로를 부둥켜안은 듯한 느낌이 들어야 했는데 전혀 그렇지 않았다. 오늘따라 그 애 손은 얼음장처럼 차가웠다. 장미를 든 손은 저릿저릿했고 그 애와 맞잡은 손가락 사이사이로는 스산한 기

운이 느껴졌다. 따뜻한 햇볕이 쏟아져 내리는데도 내 가
슴에서는 냉기가 느껴졌다. 가슴이 뭔가에 꽉 눌려 피가
통하지 않는 것 같기도 했다. 은호가 저렇게나 환하게 웃
고 있는데 왜 나는 조금도 웃음이 나지 않는 걸까…….

　　은호를 추종하는 무리를 따돌린 우리는 좁디좁은 골목
으로 들어섰다. 한 사람이 겨우 지날 수 있는 골목은 담배
꽁초와 뒤엉킨 가래침들로 더 좁아 보였다. 몇 번이나 와
봤지만 언제나 낯설게 느껴지는 곳이었다. 언제나 유난히
짙은 그늘에 덮여 있는 탓일까? 더럽고 그늘진, 좁디좁은
골목을 우리는 딱 붙어 함께 걸었다. 이것 역시 전에는 당
연했지만 지금은 어색하기만 한 일 중 하나였다.
　　회색 벽돌로 쌓은 단층 건물이 나타났다. 한쪽 벽면에
달린 동그란 나무 간판이 바람에 살짝 흔들렸다.
　　'카페, 호프(CAFE, HOPE)'
　　참 안 어울린다. 덩굴이 옥죄고 있어 곧 질식할 것처럼
보이는 건물 이름으로는 말이다. 건물이 제 이름을 고를
수 있었다면 과연 '희망'이라는 단어를 선택했을까? 우리
는 희망이라고 쓰인, 전혀 희망처럼 보이지 않는 곳으로
걸어 들어갔다. 늘 그래 왔던 것처럼.
　　은호는 가장 구석진 테이블에 자리를 잡았다. 우리가

매번 앉는 자리였다. 우리는 늘 서로를 바라볼 수 있게
마주 앉았고 오늘이라고 다르지 않았다.

"뭐로 하시겠어요?"

알바가 주문을 받으러 왔다. 은호는 하얀 이를 드러내
는 특유의 미소를 지어 보이며 입을 열었다.

"콜라요. 새아 넌 아이스 아메리카노지?"

"캐모마일이요. 따뜻한 거로."

내 대답에 은호 입술 끝이 살짝 떨렸다. 알바가 다시
한번 주문을 확인하고 카운터로 돌아갔을 때 은호 얼굴
에는 웃음기가 사라져 있었다.

"너 원래 아이스 아메리카노 좋아하잖아. 왜 딴 거 마
셔? 내가 시켜 주는 건 먹기 싫어?"

은호 눈빛이 차갑게 변했다. 나는 아이스 캐러멜 마키
아토를 좋아한다. 은호가 아이스 아메리카노를 좋아해서
그동안 같은 걸 마셨을 뿐이다. 사실 그 애도 아이스 아
메리카노를 좋아하지는 않았다. 그 애는 콜라를 좋아했
고 분위기가 있어 보인다는 이유로 아이스 아메리카노
마시는 여자를 좋아했다.

"에어컨 때문에 추워서."

내 변명에 은호는 매서운 눈빛을 살짝 풀었다.

"음료 나왔습니다."

탁자 위에 쟁반을 내려놓은 알바가 카운터로 돌아갔다. 은호 앞에는 얼음이 든 플라스틱 잔과 캔 콜라가 내 앞에는 찻잔이 놓였다. 허브티가 담긴 따뜻한 찻잔을 두 손으로 감싸 쥐었다. 손바닥으로 온기가 퍼졌다. 손가락 사이사이로 스며들던 스산한 기운도 가슴에서 느껴지던 냉기도 한풀 꺾이는 기분이었다.

"생각을 좀 해 봤어. 좋아, 계속 만나자. 네가 정 원한다면."

은호는 딸깍 소리가 나게 캔 콜라를 땄다. 다행이라는 생각이 먼저 들었고 다음에는 궁금했다.

"왜 하루 만에 마음이 바뀐 거야?"

"어제 일로 미안한 것도 있고. 상황도 바뀌었으니까."

은호가 얼음이 든 잔에 콜라를 따랐다.

"사실 처음엔 내 명성에 오점을 남긴 네가 짜증났거든? 그래서 헤어지려고 했는데 어제 애들을 보고 좋은 생각이 떠올랐어. 오점을 강점으로 승화시킬 방법이 생각났거든. 오점 있는 여자마저 사랑으로 감싸는 세기의 로맨티스트가 되는 거지."

세기의 로맨티스트. 무슨 드라마에나 나올 법한 그 말에 은호는 단단히 심취한 듯 보였다.

"날 계속 만나려는 이유가 그거야?"

"그런 이유라도 있어서 얼마나 다행이야? 너도 날 이용해. 내 여자 친구 정도면 너한테도 손해는 아니잖아?"

은호는 자신의 여자 친구라는 자리가 얼마나 특별한 것인지 너무도 잘 알고 있었다. 그걸 나에게 내어 주는 게 얼마나 큰 특혜인지까지도. 그 애가 인어 공주처럼 목숨 바쳐 나를 사랑할 거라고 생각한 건 아니다. 나 때문에 그 애가 물거품이 되어 사라지는 걸 바라지도 않았다. 단지 고양이를 좋아하듯, 사과를 좋아하듯, 노란색을 좋아하듯 그렇게 만이라도 나를 좋아해 주기를 바랐다.

"그런 거라면 됐어."

그렇게까지 해서 그 애 곁에 있고 싶지는 않았다. 고양이도 사과도 노란색도 못 되면서 곁에 있는 게 무슨 소용일까? 모든 걸 다 잃는다는 건 여전히 두렵다. 그렇다고 같이 있는 이유가 서로 이용하기 위해서라니……. 그건 두려움을 넘어 섬뜩하기까지 했다.

"그건 네가 결정하는 게 아냐."

은호가 탁 소리가 나게 플라스틱 잔을 탁자에 내려놓았다.

"결정은 내가 해. 넌 따르면 되는 거고."

그 애 손이 거칠게 플라스틱 잔을 밀어냈다. 잔이 탁자 위로 넘어지면서 쏟아진 콜라와 얼음들이 내 교복 치마 위로 떨어져 내렸다. 검고 끈적한 액체가 내 종아리를 타고 흘러내리는 걸 가만히 바라봤다.

"잘 들어, 정새아. 우리가 헤어지면 사람들은 내가 널 버렸다고 할 거야. 그런 평판은 절대 용납할 수 없어. 그동안 어떻게 쌓아 온 이미진데. 너 하나 때문에 망칠 순 없다고. 방법은 하나야. 너 같은 애마저도 사랑으로 감싸 주는 남자로 남는 수밖에 없어. 그러니까 너도 협조해. 그게 너한테도 좋지 않겠어?"

은호의 입만 하얀 이를 드러내며 웃었고, 충혈된 눈은 미동도 없이 나를 응시했다. 그 눈빛이 내 심장을 틀어쥐었다. 애들에게 받은 손가락질도 따돌림도 욕설도 이렇게까지 아프지는 않았다. 참고 견뎌 낼 수 있었다. 은호만 내 곁에 있다면, 내 편이라면 아무것도 두렵지 않았다. 사랑과 믿음이 모든 고통과 아픔을 이겨 낼 힘을 주리라, 물거품이 되어 사라질 용기마저 주리라 믿었다.

지금 이 순간 내가 믿었던 모든 것이 허물어져 내려앉았다. 물거품이 되어 흔적도 없이 사라졌다. 이제 나에겐 정말로 아무것도 남지 않았다. 아니다. 절망만은 오롯이 나와 함께 남겨졌다.

"새아야. 우리 그동안 잘해 왔잖아. 조금만 더 힘내자. 우리 서로 사.랑.하잖아."

'사랑'을 한 글자 한 글자 힘주어 말한 은호는 나와 눈을 맞췄다. 내가 아는 사랑은 그런 게 아니라고, 네가 하는 건 사랑이 아니라고 말하고 싶었지만 결국 어떤 말도 입 밖으로 내지 못했다. 그 애와 내가 생각하는 사랑의 형태가 다르다고 그 애의 사랑은 진짜 사랑이 아니라고 말하는 것 또한 내 오만함일지도 몰랐다.

"닦아."

은호가 냅킨을 내밀었다. 종아리를 타고 흘러내린 검고 끈적한 액체는 냅킨으로는 잘 닦이지 않았다. 닦으면 닦을수록 종이가 붙어 종아리는 더 더러워졌다. 그 애를 좋아하면 좋아할수록 더 비참해지는 내 기분 같았다.

"얘기 잘 끝난 거 맞지? 이제 가자. 데려다줄게."

은호는 쟁반 위에 있던 계산서를 집어 들고는 카운터로 향했다. 정신없이 가방을 챙겨 그 애 뒤를 따라갔다.

"내 건 내가 낼게."

"됐어. 오늘은 내가 살게. 다시 시작하는 기념으로."

은호는 나를 빤히 보고는 알바에게 카드를 내밀었다. 무표정한 얼굴로 결제를 마친 알바가 은호에게 다시 카드를 돌려줬다.

카페를 나온 우리는 아무 말 없이 걷기만 했다. 은호는 아파트 공동 현관 앞까지 나를 데려다줬다.

"들어가. 연락할게."

은호가 나를 향해 손을 흔들었다. 조금이라도 더 그 애와 함께 있고 싶어서 안달하던 게 아주 옛날 일처럼 느껴졌다. 그 애는 뒤도 돌아보지 않고 앞만 보고 걸었다. 나 역시 그 애가 안 보일 때까지 뒤에서 바라보는 일 같은 건 하지 않았다.

공동 현관 옆에 있는 전신 거울에 내 모습이 비쳤다. 내 손에는 은호가 준 붉디붉은 장미꽃 두 송이가 들려 있다. 한 송이는 학교 앞에서 받은 어제의 미안함에 대한 사과의 의미였고, 또 다른 한 송이는 우리의 새로운 시작을 축하하는 의미로 집에 오는 길에 받은 거였다. 날마다 늘어 가는 의미를 부여받은 장미꽃은 족쇄이자 또 다른 숨 막힘이었다. 꽃들이 늘어날 때마다 내 안의 뭔가는 점점 쪼그라들었다. 자존심이라든가 사랑, 행복 그런 것들이.

10. 라일락 언덕에서의 추억

어느새 여름이 성큼 다가왔다. 이제 막 시작된 6월은 한여름처럼 느껴졌는데 이상 기온으로 5월부터 무더워지기 시작한 탓이었다. 학교에는 긴팔보다 반소매 교복을 입은 애들이 더 많았다. 길거리를 지나다니는 사람들의 옷차림도 점점 가벼워졌다.

"더우면 벗어."

민주는 내가 입고 있는 검은색 긴팔 카디건을 가리켰다.

"안 더워."

콧등에 솟아난 땀을 손등으로 꾹꾹 눌렀다.

"고집은. 지금 그거 입고 있는 사람은 너밖에 없을 거다."

민주는 못마땅한 표정을 지어 보이고는 다시 걷기 시작했다. 내가 입고 있는 카디건을 내려다봤다. 요즘 같이 더운 날씨에도 나는 그 어느 때보다 한기를 자주 느꼈다. 하지만 정확히 몸의 어느 부분이 추운 건지, 왜 추운 건지는 알 수 없었기에 이 한기를 누군가에게 말로 설명하기란 힘들었다.

"좋아할까?"

걸음을 늦춘 민주가 손에 든 쇼핑백을 흔들었다. 몇 시간이나 공들여 선물을 고르고도 민주는 불안해했다.

"전부터 갖고 싶어 했다며?"

"색깔은 모르지. 물어볼 걸 그랬나?"

민주 콧잔등에 잔주름이 생겼다. 뭔가 마음에 안 들거나 골똘히 생각할 때 나오는 행동이었다.

"그럼 서프라이즈가 아니잖아. 네가 사 주는 거니까 무슨 색이든 좋아할 거야."

"그렇겠지?"

민주가 헤벌쭉 웃었다. 나에게는 남자 친구 처음 사귀는 티를 내느니 마느니 하더니 자기는 남자 친구 얘기만 나와도 좋은가 보다. 그 마음을 모르는 건 아니었다. 나역시 은호 이름만 들어도 웃음이 나고 그 애 얼굴만 떠올려도 숨이 멎을 것 같던 적이 있었으니까.

"범식이가 그렇게 좋아?"

"넌 뭐 아니냐? 나보다 더하면서. 얼마나 아까우신지

보여 주지도 않잖아. 보면 닳냐?"

민주 콧잔등에 또 잔주름이 생겼다.

"누가 그렇대……."

"그런 거 아니면 이번엔 좀 보자."

민주는 은호에게 관심이 많았다. 내 남자 친구가 어떤 사람인지 늘 궁금해했고, 만나고 싶어 했다. 민주는 워낙에 그런 애였다. 타고난 섬세함이 있어 누구든 세심하게 신경 썼고, 온화한 성품으로 주변 사람들을 배려하며 잘 챙겼다.

"알았어. 조만간 같이 만나."

내 대답에 민주는 석연치 않은 표정을 지으면서도 고개를 끄덕였다. 그러고는 조심스럽게 입을 열었다.

"근데…… 누가 그러는데 걔 왕자병 쩔고 완전 밥맛이라며?"

"누가 그래? 질투해서 그렇게 말하는 거 아니야?"

"질투가 아니라 그 사람을 제대로 본 걸 수도 있지."

"네가 직접 본 것도 아니잖아."

"그렇긴 하지. 그치만 누가 그런 말을 할 때는 분명 무슨 이유가 있지 않겠어?"

민주는 사람을 섣불리 평가하는 애가 아니었다. 선의로 사람들을 바라보는 몇 안 되는 인간적인 인간 중 하나였다. 때로는 너무 선의로만 상대방을 대해서 오히려 상처를 받기도 했다. 그런 민주가 왜 이런 말을 하는 걸까? 혹시 은호에 대해 뭔가를 알고 있는 건 아닐까? 내가 알고 있는, 다른 사람은 몰랐으면 하는 그 애의 어떤 모습에 대해서 말이다. 그럴 리는 없을 거라고 애써 불안함을 지워 내며 대꾸했다.

"그럴 수도 있고 아닐 수도 있지."

"그래, 뭐. 만나 보면 알겠지."

민주가 툭 던진 말이 나에게는 의미심장하게 다가왔다. 그 말은 마치 '만나 보면 은호의 실체를 알게 되겠지.'처럼 들렸다.

"우리 만날 때 말자도 부르자. 다 같이 보면 좋잖아."

민주 입에서 '말자'라는 이름이 나오다니. 그 이름은 나만 부를 수 있는 거라고 생각했다. 우리 사이의 친밀감을 나타내는 애칭 같은 거였으니까. 민주 입에서 나온 그 이름은 신데렐라나 백설 공주가 핫팬츠를 입고 나타난 것처럼 낯설었다.

"왜 너까지 그렇게 불러? 그렇게 부르지 마."

"본인이 그렇게 부르라고 한 거야. 그게 더 정감 있다고. 너도 그렇게 부른다며?"

내가 유나보다 말자가 더 정감 있다고 했을 때는 절

대 아니라며 질색한 말자였다. 더구나 말자는 언제나 민주를 라이벌로 여기며 경계했다. 나에게는 똑같이 소중한 친구였지만 말자는 그렇게 여기지 않았다. 두 사람 중 나와 더 친한 건 민주라고 생각했다. 민주와는 유치원 때부터 단짝이었고 자신은 뒤늦게 친해졌으니 늘 민주에게 밀린다 여겼다. 그런 말자가 자기 입으로 민주에게 그런 말을 하다니.

"둘이 언제 그런 얘길 했어?"

"지난번에 말자가 너 대신 전화 받은 적 있잖아. 그때 번호 교환해서 종종 연락해."

기억난다. 말자가 나 대신 민주와 통화했던 건 딱 한 번뿐이었다. 은호와 셋이서 스타벅스에 갔을 때였다. 그날은 나와 은호가 처음 사귀기로 한 날이기도 했다. 셋이 함께 있는데 민주에게 전화가 걸려왔고 말자가 대신 받아 주었다. 그날 나에게는 은호와 같이 있는 게, 그 애와 얘기를 나누는 게 중요했다. 민주가 왜 전화를 했는지, 말자와 둘이 무슨 얘기를 했는지에는 관심이 없었다.

"그런 얘길 왜 이제야 해?"

"아는 줄 알았지. 다 같이 한번 보자는 얘기도 했는데 못 들었어?"

"못 들었어!"

"지금이라도 알았으면 됐지, 뭐."

민주는 대수롭지 않게 넘겼지만 나는 아니었다. 민주와 말자가 나 모르게 연락을 주고받은 것도 자기들끼리 그런 얘기를 한 것도 신경 쓰였다. 일부러 그런 건 아닐지라도 나를 따돌린 것 같은 기분을 지울 수 없었다. 나와 친한 두 사람이 친하게 지내면 좋을 줄 알았는데 나를 빼고 두 사람만 친하게 지내는 건 하나도 안 좋았다. 배신감마저 들었다.

"새아야! 쟤 맞지?"

건널목 앞에서 멈춰선 민주가 맞은편을 가리켰다. 신호가 바뀌기를 기다리는 사람들 사이에 서 있는 은호가 보였다. 그 애는 사냥감을 발견한 맹수처럼 미동도 없이 우리를 응시하고 있었다. 가까운 거리도 아니건만 그 애의 매서운 눈매가 그대로 느껴졌다.

"잘됐다. 만난 김에 인사라도 할까?"

민주는 은호 눈빛을 읽지 못한 듯 한없이 해맑게 반가워했다. 곧 신호가 파란불로 바뀌었다. 우리는 발걸음을 옮겼고 건널목 중간쯤에서 은호와 마주쳤다.

"서은호 맞지? 난 새아 친구……."

"우리가 좀 급한 일이 있어서. 먼저 간다."

은호가 내 팔을 낚아챘다. 민주가 당황한 얼굴로 나를

향해 손을 뻗었고 나는 괜찮다는 의미로 고개를 끄덕여 보였다. 민주와 은호가 부딪치게 둘 수는 없었다. 민주는 온화한 성품이지만 한 번 화가 나거나 고집을 부리면 아무도 못 말렸다. 이런 상황이라면 민주는 분명 은호에게 화를 낼 것이고 그렇게 되면 시끄러워질 게 뻔했다. 그럴 바에는 내가 순순히 은호를 따라가는 게 나았다.

민주가 이러지도 저러지도 못하는 사이 나는 은호 손에 이끌려 건널목을 건넜다. 실은 건넌 게 아니라 민주와 함께 서 있던 곳으로 되돌아간 거였지만.

"새아야! 정새아!"

민주가 목이 터져라 나를 불렀다. 뒤를 돌아보니 맞은편 건널목 끝에 서 있는 민주가 보였다. 지는 해가 드리운 그림자 때문에 표정까지는 잘 보이지 않았다. 그렇지만 민주가 어떤 표정을 짓고 있을지는 안 봐도 훤했다.

나를 걱정하며 속을 태울 민주를 생각하자 마음이 무거웠다. 괜찮다는 말이라도 해야 했는데 은호는 그 말 한마디조차 허락하지 않았다. 빨리 가라고 재촉하며 거칠게 나를 잡아끌 뿐이었다. 은호에게 붙잡힌 손목에서 시큰한 통증과 함께 서늘한 기운이 느껴졌다. 서늘한 기운은 팔뚝을 타고 가슴에 가닿았다. 시도 때도 없이 느껴지는 한기였다.

"걔 만나지 말랬지."

은호가 던지듯 손을 놓아주었다. 땅만 보고 끌려온 나는 그제야 주변을 둘러봤다. 주위는 이미 어두워졌고 켜켜이 쌓인 쓰레기 더미 위로 가로등 불빛이 내려앉고 있었다. 저 뒤로는 흐드러지게 핀 라일락 나무들이 희미하게 보였다. 동네 사람들이 라일락 언덕이라고 부르는 곳이었다.

"만난다고 얘기했⋯⋯."

말이 끝나기도 전에 은호가 내 어깨를 툭 쳤다.

"통보만 하면 된다? 왜 이렇게 네 멋대로야? 이럴 줄 알았으면 그냥 헤어져 버리는 건데."

은호는 다시 잘해 보자고 한 걸 후회한다고 했다. 나역시 원했던 일은 아니었다. 내가 원한 건 내 편이 되어주고, 나를 정말 사랑해 줄 남자 친구였지 자신의 평판을 위해 나를 이용하는 남자는 아니었다.

"앞으론 걔 절대 만나지 마."

은호가 억지를 부렸다. 그 애는 민주가 누구인지 나에게 어떤 친구인지 누구보다 잘 알았다. 내가 속마음을 터놓고 얘기할 수 있는 친구가 말자와 민주뿐이라는 것도 알고 있었다. 내가 수백 번도 넘게 얘기했고 그때마다 다이해한다며 그런 친구들이 있어 다행이라고까지 한 건 그 애였다.

심지어 오늘 만남은 은호에게 허락까지 받은 일이었다. 허락이라는 말이 마음에 드는 건 아니지만 달리 표현할 말이 없다. 그 애는 내가 누구를 만나는지 일일이 간섭했다. 겉으로는 전부 나를 위해서라고 했지만 실은 자신만의 기준으로 내가 만나도 되는 사람과 만나서는 안 되는 사람을 구분 짓기 위해서였다.

"길바닥에서 그딴 놈이랑 시시덕대면 내가 뭐가 되겠어? 생각 좀 하고 살자. 생각 좀."

은호가 손끝으로 내 이마를 쭉 밀었다. 몸이 휘청거리며 뒤로 한 걸음 밀렸다. 이따금 어깨나 팔, 이마를 툭툭 쳤던 장난과는 전혀 다른 손길이었다. 짜증 난 얼굴과 신경질적인 손짓에서 나를 얼마나 업신여기고 하찮게 여기는지 느껴졌다.

민주를 만난 것 때문에 기분이 상한 건 알겠다. 그렇다고 그 애가 하는 이런 행동까지 이해할 수 있는 건 아니었다. 민주가 은호에게 그딴 놈이라고 불릴 이유 또한 없었다. 누구라도 내 친구를 그렇게 부를 수는 없는 거였다.

"그런 식으로 말하지 마."

"뭐? 다시 한번 말해 봐."

"함부로 말하지 말라고."

"너 아주 미쳤구나. 그래, 어디 다시 한번 말해 봐. 어?"

은호는 살기 어린 얼굴로 내 뺨을 후려쳤다. 짝 소리와 함께 목이 꺾일 듯이 오른쪽으로 돌아갔다. 강한 충격에 순간 눈앞이 깜깜해졌고, 얼굴은 불에 덴 것처럼 얼얼하고 아렸다. 하지만 나를 더 아프게 한 건 따로 있었다. 그건 바로 이런 취급을 받았다는 모멸감이었다. 다리에 힘이 풀려 그 자리에 풀썩 주저앉고 말았다.

지금껏 누구도 나를 이렇게 대한 적은 없었다. 나를 못마땅해하는 엄마 아빠도 내 등짝에 스매싱을 날리는 윤여사도 이런 식은 아니었다. 아무리 생각해도 나는 뺨을 맞을 정도로 큰 잘못을 저지르지 않았다. 설령 내가 진짜로 잘못했다 하더라도 이런 취급을 받을 이유는 없었다. 이런 대접을 받아도 되는 사람은 아무도 없다. 평범하디평범하고 남들 눈에 안 띄는 나라도. 평범하지조차 못하게 되어 버린 나일지라도.

"나한테 왜 그래?"

"몰라서 물어?"

"어, 정말 모르겠어. 하라는 대로 다 했잖아. 뭘 더 어떻게 해야 돼?"

은호가 원하는 대로 학교도 가고 학원에도 갔다. 누구도 나와 어울리고 싶어 하지 않았기에 다른 애들과 하하 호호 지내지는 못했지만 최대한 아무렇지 않은 척하며 견뎠다. 드라마에 나오는 씩씩한 주인공처럼 모든 고난과 역경을 헤쳐 나가리라 다짐까지 했다. 자신에게 오점을 남기지 말라는 말 역시 군말 없이 따랐다. 그 애가 말한 모든 것을, 하나도 빼놓지 않고, 죽을힘을 다해서 했다.

"하라는 대로만 하면 끝이야? 시키지 않아도 알아서 잘 해야지."

"시키는 대로 하면서 남들처럼 평범하게만 지내랬잖아."

"남들이랑 좀 다르면 안 돼? 특별한 사람이 되면 죽기라도 하냐?"

특별한 사람. 나 역시 그런 사람이 되고 싶었다. 평범하디평범한 게 어떤 것인지 너무도 잘 알았기에 단 한 번이라도 특별해지고 싶었다. 그래서 남들이 붙여 준 지하철 선행 여중생이라는 타이틀을 덥석 물었고, 서은호의 여자 친구 자리도 냉큼 꿰찼다. 그렇게 모든 것을 다 이룬 줄 알았다. 진짜로 특별한 사람이 됐다고 믿었다. 하지만 나를 특별하게 만들어 준 것들은 어느 순간 큰 상처가 되어 돌아왔다. 할 수만 있다면 지하철 선행 여중생이었던 것도 서은호의 여자 친구였던 것도 다 없던 일이 되어 버렸으면 좋겠다. 상처받지 않은 때로 돌아갈 수만 있다면 말이다.

어디선가 날아온 라일락 꽃잎들이 교복 치마 위로 떨어져 내렸다. 진한 향기가 코끝에 맴돌았다. 이런 상황에서도 라일락 향기는 그 어느 때보다 달콤했다. 사람은 어떤 냄새 때문에 특정한 순간을 기억해 낼 때가 있다. 언제고 라일락 향기를 맡으면 오늘이, 이 순간이 떠오를 것 같아 쓴웃음이 났다. 이렇게 은호와의 추억이 하나 더 늘어 버렸다. 라일락 언덕에서의 추악한 기억이.

11. 카페 '어스(US)'

아침 일찍 눈이 떠졌다. 악몽을 꾼 것 같은데 꿈 내용은 잘 기억나지 않았다. 이마에 솟은 땀을 닦아 내며 가만히 숨을 골랐다. 차가 지나가는 소리, 새들이 지저귀는 소리가 창문을 통해 조그맣게 들려왔다. 방문 밖은 조용했다. 평소 같으면 엄마 아빠가 출근 준비를 하느라 분주했을 시간이지만 주말인 탓에 아직 한가로웠다. 문득 한가하다는 말이 생경하게 다가왔다. 그런 느긋하고 차분한 단어는 조용한 주말 아침에 뭔가에 쫓기듯 눈이 떠진 사람이 써서는 안 되는 말처럼 느껴졌다.

침대에 누운 채로 핸드폰을 집어 들어 화면을 켰다. 어젯밤에 열어 놓은 검색창이 그대로 띄워져 있었다. 궁금하거나 모르는 게 있으면 인터넷 검색창을 이용하는 게 가장 빨랐다. 인터넷이란 정보가 넘쳐나는 곳이지만 내가 원하는 걸 알아서 보여 주지는 않았다. 특정 단어를 검색창에 쓰고 검색을 해야지만 그것과 관련한 정보가 나타났다.

엔터키 주변을 만지작거렸다. 검색할 단어는 어젯밤부터 그 자리에 쓰여 있었다. 엔터키만 누르면 온갖 정보들이 화면을 가득 채울 터였다.

"날씨 검색하는 거랑 똑같지, 뭐."

가벼운 마음으로 누르면 된다고 생각하면서도 쉽사리 버튼을 누르지 못했다. 이 단어를 검색하는 일이 오늘 날씨를 검색하는 것과는 차원이 다르다는 걸 알고 있었기 때문이다. 아무렇지 않은 척 엔터키를 누른다 해도 내 마음마저 속일 수는 없었다.

핸드폰 화면을 끄려는데 화면 위쪽에 부재중 전화와 메시지 표시가 떠 있었다. 클릭해 보니 민주와 말자였다. 핸드폰을 무음으로 해 놓은 데다 방해 금지 설정까지 한 탓에 연락이 온 줄 몰랐다. 민주에게 온 메시지와 전화만 수십 통이었고, 말자는 메시지는 보내지 않았지만 민주만큼이나 전화를 했다. 그동안 연락이 없던 말자가 이렇게까지 전화를 한 걸 보니 민주가 어제 일을 얘기한 게 아닐까 싶었다.

두 사람에게 답장을 할까 하다 관뒀다. 너무 이른 시간이기도 했고 어제 일을 꼬치꼬치 캐물을 게 뻔했기에 선뜻 연락할 수 없었다. 아무 일도 아니었다고 나는 괜찮다고 둘러대겠지만 두 사람이 믿어 줄지는 미지수였다. 믿어 주지 않는다고 해서 어제 일을 사실대로 말할 수는 없었다. 그러고 싶지 않았다. 누구에게나 비밀은 있는 법이고, 나에게는 어제 일이 바로 그 비밀이었다.

핸드폰 화면에서 눈을 떼자 침대 맞은편에 놓인 책상이 보였다. 책상 60㎝쯤 위에 달린 창문을 통해 들어오는 빛줄기가 책상 위로 어룽졌다. 빛줄기는 책상과 창문 사이의 공간에 빼곡하게 들어찬 장미꽃들 위로도 떨어져 내렸다. 벽을 가득 메우고 있는 수십 송이도 넘는 장미는 모두 투명한 포장지에 한 송이씩 싸인 채였다. 한때는 사랑의 징표였다가 언제부터인가 다른 징표로 변해 버린 꽃들이었다.

"미안해서."

"널 위해서."

"앞으로 잘하라고."

은호에게 의미를 부여받은 장미꽃은 날마다 늘어 갔고 조금씩 내 방 벽을 점령해 가는 중이었다. 장미꽃은 대부분 말라서 까맣게 변해 버렸지만 몇 송이는 아직 덜 마른 채였다. 그중에서도 단 한 송이만은 싱싱하게 붉은 자태를 뽐내고 있었다. 그 장미는…… 어젯밤에 받은 거였다.

어젯밤 라일락 언덕에서였다. 나는 교복 치마 위로 떨어져 내리는 라일락 꽃잎만 하염없이 바라보고 있었다. 일어설 기운도 은호를 쳐다볼 용기도 나지 않았다. 그렇다고 그렇게 마냥 앉아 있을 수만은 없었다. 더는 그 애와 함께 있고 싶지 않았다. 그럴 자신이 없었다. 여기서 벗어나야 한다는 마음으로 다리에 온 힘을 주어 일어섰다. 치마 위에 있던 꽃잎들이 바닥으로 떨어져 내렸다.

"갈게."

떨어지지 않고 치마에 붙어 있던 라일락 꽃잎들을 털어 냈다. 손끝에 닿은 꽃잎들은 힘없이 바닥으로 곤두박질쳤다.

"같이 가. 데려다줄게."

은호는 당연한 일이라는 듯 태연하게 굴었다. 조금 전 내 뺨을 그렇게 내려친 게 그 애에게는 아무 일도 아닌 듯 보였다.

"가자."

은호가 내 눈을 똑바로 바라봤다. 미안한 기색이라고

는 조금도 없는 당당한 눈빛이었다.

"아니야. 괜찮아."

은호 눈빛을 피하는 건, 고개를 돌리는 건 이번에도 내 몫이었다.

"그래도 밤길인데 어떻게 혼자 보내?"

"혼자 갈 수 있어."

"고집 좀 그만 부려. 그런다고 내가 너 혼자 가게 두겠냐? 내가 그런 사람이야?"

은호 목소리가 높아지자 나는 입을 다물었다. 단 한 번도 그 애 고집을 꺾어 본 역사가 없는 나였다. 그 애가 우기면 지는 건 번번이 나였고 이번에도 예외는 없었다. 우리는 다정한 사이인 양 라일락 언덕을 내려와 같이 걸었다.

"잠깐 어디 좀 들리자."

은호가 멈춰 섰다. 아파트 단지로 들어서기 전에 있는 골목 시장 입구에서였다. 싫다고 실랑이를 하거나 그냥 가자고 대꾸할 힘도 없었다. 빨리 헤어져 집으로 가고 싶다는 생각뿐이었다. 언쟁을 하면 내 뜻대로 되기는커녕 집에 가는 시간만 늦어질 게 뻔했기에 잠자코 은호를 따라갔다. '잠깐'이라는 말에 실낱같은 희망을 건 채였다.

은호가 다시 멈춰 선 곳은 시장 안에 있는 꽃집 앞이었다.

"아직 문 열었다."

은호가 다행이라며 하얀 이를 드러내고 웃었다. 소름이 돋으면서 온몸에 섬뜩한 한기가 느껴졌다. 그곳에서 그 애가 무슨 행동을 할지가 너무 뻔했기에 더는 입을 다물고 있기 힘들었다.

"제발 그냥 가자."

은호는 내 말 같은 건 가볍게 무시하고 가게 안으로 들어갔다. 나 역시 그 애 손에 이끌려 가게 안으로 같이 들어가야만 했다. 그 애 발걸음은 전쟁터에 나아가는 장군처럼 위풍당당했고 목소리 역시 자신감에 차 있었다.

"사장님, 장미꽃 한 송이도 팔죠?"

"그럼요. 한 송이 포장해 줄까요?"

가게 구석에서 책을 읽고 있던 아주머니가 기지개를 켜며 일어섰다.

"네, 해 주세요."

"괜찮다니까."

은호와 내가 동시에 말했다.

"얼굴만 탤런트처럼 잘생긴 게 아니라 로맨틱하기까지 하네! 남자 친구가 생각해서 사 주는 건데 못 이기는 척 그냥 받아요."

사장님이 투명한 포장지로 장미꽃을 싸면서 은호 편을

들었다.

"그래, 새아야. 내 마음이니까 좀 받아 주라."

은호가 두 팔을 흐느적거리며 애교를 부렸다. 늘 이런 식이었다. 남들 눈에 은호는 여자 친구를 진심으로 사랑하고 아끼는 세기의 로맨티스트였고, 평범한 주제에 그런 남자 친구 마음도 몰라주는 눈치 없고 센스 없는 애가 바로 나였다.

"다 됐다. 남자 친구가 직접 주는 게 좋겠지?"

사장님이 은호에게 장미꽃을 건넸다. 꽃을 받아 든 은호는 맑게 웃으며 사장님에게 카드를 내밀었다.

"잘 가고 또 와요. 여자 친구는 남자 친구 마음 좀 알아주고."

우리는 사장님의 배웅을 받으며 가게를 나섰다.

"내 맘 알지? 다 널 위해서 그러는 거. 나 아니면 누가 너한테 그런 말을 해 주겠어?"

내 손에 억지로 장미를 쥐여 주며 은호는 또 웃었다. 어떤 고민도 없는 사람처럼, 행복에 겹다는 듯, 눈이 부실 정도로 환하게 웃었다.

벽을 빼곡히 메우고 있는 장미꽃들을 보고 있자니 무기력감이 몰려왔다. 은호는 내가 이길 수 있는 상대가 아니었다. 지금껏 단 한 번도 그 애가 쥐여 주는 장미를 거절하지 못했다. 앞으로도 그럴 것이라는 생각에 숨이 막혔다. 어떻게 해서든 이 장미 감옥을 벗어나고 싶었다. 그래야지만 제대로 숨이 쉬어질 것 같았다. 장미 감옥에서 벗어나기를 바라며, 제대로 숨 쉴 수 있기를 바라며 엔터키를 눌렀다. 바라는 대로 되지 않을 확률이 더 크다는 걸 알았지만 그것만이 지금 내가 할 수 있는 전부였다.

데이트 폭력

온갖 정보가 핸드폰 화면 위로 나타났다. 그 단어를 검색하면 한순간에 세상이 무너질지도 모른다고, 내 존재 자체가 흔적도 없이 사라져 버릴지도 모른다고 생각했는데……. 아무 일도 일어나지 않은 게 다행인지 아니면 그 반대인 건지 모르겠다.

수많은 글 중 최근에 올라온 것부터 클릭해서 읽기 시작했다. 글 하나하나를 꼼꼼하게 읽어 내려갔다. 꽤 오랜 시간 공을 들여 글을 읽었지만 아무리 봐도 내가 찾는 정보들은 보이지 않았다. 내가 궁금한 건 나와 비슷한 일을 겪은 또래들 얘기였다. 내 검색 능력이 떨어지는 건지 그런 글을 찾는 게 쉽지 않았다. 어렵게 그런 글을 찾아내도 실망하기 일쑤였는데 부모님에게 알려라, 경찰에 신고해라 같은 충고를 들으려고 그런 글을 읽은 건 아니었기 때문이다.

이제 그만 읽어야 하나 고민하는데 핸드폰 화면 가운데에 팝업 창이 떴다.

메일이 도착했습니다.

아무 생각 없이 메일을 클릭하자 동영상이 자동 재생되었다.

"누, 누가 이런 걸……."

떨리는 손가락으로 멈춤 버튼을 눌렀다. 어제저녁 라일락 언덕에서 은호가 내 뺨을 후려친 장면이 나온 뒤였다. 화면에는 은호 얼굴이 가득 차 있었다. 살기 어린 눈빛으로 나를 노려보는 그 애 얼굴이.

누군가 내 비밀을 알고 있다. 영원히 혼자서만 간직하려던 그 비밀을 아는 사람이 있었다. 누군가 알고 있으니 내 치부는 더 이상 비밀일 수 없었고, 그것이 온 세상에 드러나는 건 시간문제일 터였다. 거기까지 생각하자 더는 아무런 생각도 할 수 없었다. 거대한 두려움이 나를 덮쳐 왔다. 커다란 파도에 씻겨 나가는 모래성처럼 나를 집어삼킨 두려움에 나 자신이 흔적도 없이 사라질 것만 같았다. 그때 메시지 알림음이 울렸다.

　- 동영상 잘 보셨나여?
　- 당신을 초대합니다
　- ☞ 클릭 ☜

　정신이 번쩍 들었다. 이대로 흔적도 없이 사라지고 싶지는 않았다. 분명 무슨 방법이 있을 거라고 생각하며 침대에서 벌떡 일어나 앉았다. 가장 먼저 생각나는 건 말자였다. 컴퓨터 프로그래밍 도사인 말자라면 동영상을 보낸 사람에 대해 뭐라도 알아낼 수 있을 것 같았다. 하지만 말자에게 연락하지 못했다. 말자에게 도움을 청하려면 어제 일은 물론이고 지금 상황까지 다 얘기해야 할 터였다. 내가 하고 싶은 건 동영상 보낸 사람을 찾는 일이지 내 상황을 말자에게 전부 얘기하는 건 아니었다.
　이 초대에 응하는 게 맞는 건지 도무지 확신이 서지 않았다. 하지만 이거 하나만은 확실했다. 동영상을 보낸 사람이 누구인지 꼭 밝혀내야 했다. 누구인지 알아야 동영상을 지워 달라고 애원을 하든, 당장 지우지 않으면 도촬로 고발하겠다고 협박을 하든 할 수 있었다.

윤 여사가 잘하는 말이 하나 떠올랐다.

"호랑이를 잡으려면 호랑이 굴로 들어가야지."

이번만큼은 전적으로 동감한다.

메시지 창에 떠 있는 손가락 모양을 꾹 누르자 인터넷 카페로 자동 연결되었다. 대문이라고 할 수 있는 메인 화면에 카페 이름이 큼지막하게 떠올랐다.

"어스(US)? 이름이 뭐 이래."

'우리'라는 뜻의 카페 이름이 참 일차원적이라고 생각하는데 화면에 또 다른 팝업 창이 떴다.

- 카페 회원님의 초청으로 가입이 완료되었습니다.

내 동의도 없이 무조건 가입이 완료됐다니 보이스 피싱이라도 당한 것처럼 찜찜했다. 빨리 탈퇴를 해야겠다는 생각만 들었다. 문제는 가입이 완료된 이상 카페에서 나가도 내 정보가 여기 계속 남아 있게 된다는 거였다. 회원 탈퇴까지 해야 하는 상황이 되어 버린 것이다. 내 정보가 어떻게 이용될지 몰랐기 때문에 회원 탈퇴를 안 할 수도 없었다.

환경 설정에 들어가니 탈퇴 버튼이 보였다. 탈퇴 버튼을 누르자 팝업 창이 떴는데 탈퇴 방법 안내문과 탈퇴 동의서였다. 들어올 때는 마음대로 들어 왔지만 나갈 때는 그럴 수 없다는 듯 복잡하기 그지없었다.

화면에 뜬 안내문을 건성으로 훑는데 한 부분에서 눈길이 멈췄다. 비밀 카페이기 때문에 탈퇴가 까다롭다는 구절이었다. 비밀이라는 말은 한순간에 나를 사로잡았다. 내 비밀을 들킨 것 때문에 지금 여기서 이러고 있으면서도 이곳에 누군가의 또 다른 비밀이 있다는 것에 나는 매료되었다. 이곳이 비밀 카페라면 회원들끼리 서로의 비밀을 공유할 것이고 내 비밀도 그렇게 공유된다면…… 누군가가 내 비밀을 폭로할 걱정은 안 해도 되는 거 아닐까? 이곳 사람들은 서로서로 비밀을 지켜 줄 테니 말이다.

"여기까지 왔는데 잠깐 둘러보는 것도 나쁘지 않지. 탈퇴야 버튼만 누르면 언제든지 할 수 있는 거니까."

탈퇴 버튼 대신 뒤로 가기 버튼을 눌렀다. 화면에 게시판이 나타났고, 나는 게시판 가장 위에 있는 글 제목을 클릭했다. 정회원이 아니면 글을 읽거나 올릴 수 없었는데 정회원은 닉네임을 등록하면 자동 승급처리 되는 방식이었다. 여러모로 귀찮은 카페였지만 아직 궁금한 게 많았기에 물러서지 않았다. 떠오르는 단어를 닉네임 칸에 아무렇게나 써넣자 폭죽 모양 이모티콘과 함께 팝업 창이 떴다.

- 장미 님 환영합니다.

다시 한번 게시판 가장 위에 있는 글을 클릭했다. 게시판 글은 날짜순으로 정렬되어 있었는데 맨 위에 있는 것이 가장 최근에 올라온 글이었다.

제목을 누르자 기하학적인 검붉은 무늬들이 가득한 사진이 주르륵 이어졌다. 처음에는 예술 사진이라고 생각했는데 보다 보니 이질감이 들었다. 사진 하나하나를 다시 들여다봤다. 사진은 어떤 여자의 신체를 부분적으로 클로즈업해서 찍은 거였다. 온몸이 멍투성이인 여자는 목부터 어깨, 가슴까지 붉고 검은 멍이 넓은 초원처럼 펼쳐져 있었다. 배꼽과 허리를 뒤덮은 푸른 멍은 너무 진해서 깊이를 가늠할 수 없는 바다 같아 보였다. 맹렬한 기세로 다가온 바다는 거대한 파도를 만들어 삽시간에 나를 집어삼켜 버렸다. 이제 나는 진짜 모래성이 된 기분이었다. 거대한 파도에 쓸려 흔적도 없이 사라지는 모래성. 거대한 파도는 계속해서 내 목을 조여 왔다. 숨이 잘 쉬어지지 않았다. 왼손으로 가슴께를 꾹 누르며 두 눈을 질끈 감아 버렸다.

그 사진들이 마치 어떤 계시처럼 느껴졌다.

저건 미래의 네 모습이야.

지금은 뺨 한 대지만 언젠가는 너도 저렇게 될지 모르지.

누군가가 나에게 하는 경고 같기도 했다. 두 눈을 감았는데도 사진 속 무늬들이 잊히지 않았다. 오히려 더 생생하게 되살아났다.

띵동 소리를 내는 메시지 알림음에 눈을 떴다. 카페 회원이 익명으로 보낸 메시지였다.

- 도망가지 않고 마주 보는 용기가 필요해여

핸드폰을 침대 구석으로 힘껏 던져 버렸다.

인터넷을 뒤적이며 알게 된 것들이 있다. 그중 하나가 인터넷 상담사들이 하는 얘기였다. 그들은 말했다. 트라우마를 극복하려면 자신이 겪은 일을 마주 보는 것부터 시작하라고. 그 일에 대해 입을 여는 것이 상처를 치료하는 시작점이 될 거라고.

말은 참 쉬웠다. 트라우마를 겪는 사람들이 그걸 몰라서 그렇게 안 하는 것일까? 차마 그렇게 할 수 없어서 못 하는 건 아닐까? 누구라도 자신이 당한 일을 똑바로 바라보고 그 일을 극복하고 싶을 것이다. 그 일을 극복하고 아예 없던 일로 여기고 싶을는지도 모른다. 할 수만 있다면 말이다.

그들이 겪은 일은 그들의 세상을 송두리째 바꿔 놓았을 것이다. 그들이 믿었던 것이 한낱 허상이고, 그들이 발을 딛고 서 있는 땅이 언제라도 무너질 수 있음을 깨달았을 수도 있다. 그런 깨달음이 주는 끔찍함과 참담함을 다른 사람이 상상이나 할 수 있을까?

인터넷 상담사들은 입으로만 떠들어 댄다. 그 끔찍한 일을 똑바로 마주 보라고, 당당하게 트라우마를 극복하라고, 다시 세상으로 나가 자신의 삶을 살라고. 나는 묻고 싶다. 상담사 당신이 그 일을 겪은 당사자라면 과연 그럴 수 있느냐고. 아무 일도 없었던 것처럼 하하 호호 행복하게 살 수 있느냐고. 만약 그럴 수 있다면 당신은 감정 이상자이거나 위선자 둘 중 하나일 것이다. 적어도 내가 보기에는 그렇다.

12. 제3의 동영상

주말이 지나고 간 학교는 평소와 같았다. 늘 그렇듯이 숨이 막혔다. 국어 시간에 뛰쳐나온 게 언제인데 그 일은 지금까지도 나를 피곤하게 만들었다. 엄마는 시시때때로 문자를 보내서 내 위치를 확인했다. 때로는 점심시간에 전화를 걸기도 했는데 안 받을 수가 없었다. 받지 않으면 담임에게 전화를 걸어 나를 바꿔 달라고 했기 때문이다. 학교도 나를 감시하는 건 마찬가지였다. 담임과 학생 주임, 교감 선생님까지 돌아가며 내 안부를 묻고 나를 주시했다.

"조용히 지나가는 날이 없어."

연지가 엉덩이로 의자를 거칠게 밀어냈다. 교실 뒤로 걸어가는 연지 발걸음에 교실이 전부 울리는 듯했고 내 머릿속도 덩달아 울렸다.

담임은 오늘도 잔소리를 늘어놓고 나갔다. 친구끼리 사이좋게 지내야 한다, 친구의 허물은 들추는 게 아니라 감싸 주는 거다, 우리 반에 따돌림을 당하는 사람이 있어서는 안 된다……. 누구 때문에 그런 말을 하는지는 뻔했다. 애들이 자기 말을 들을 거라고 생각하는 건지 아니면 그냥 말이나 해 보는 건지. 소용없는 말을 앵무새처럼 내뱉는 담임은 내가 보기에도 답답했다.

한숨이 절로 나왔다. 지하철 선행 여중생의 실체에 대한 애들의 분노가 완전히 가라앉은 건 아니었다. 은호가 애들 앞에서 공개적으로 내 편을 들고부터는 대놓고 나를 비난하는 애들은 많이 줄었다. 대신 자기들끼리 은밀한 말을 주고받거나 미묘한 웃음을 흘리는 일은 더 잦아졌다.

"빨리 와 보라니까."

맨 앞자리에 앉은 애가 연지를 불렀다. 사물함을 뒤적이던 연지는 옹기종기 모여 있는 애들 사이로 스며들었다. 한참을 수군거린 연지가 고개를 들어 나를 힐끗거리고는 다시 고개를 숙였다. 다른 무리 애들도 돌아가며 나를 곁눈질했다. 내 얘기를 하는 게 분명했지만 내가 그 애들에게 무슨 말을 할 수 있을까?

책상 위에 엎드려 버렸다. 너희들이 그러거나 말거나 상관없다는 몸짓이었다. 아무렇지도 않은 척, 관심 없는 척하는 표정을 짓는 것도 이젠 지친다. 내가 할 수 있는 거라고는 애들이 내 표정을 읽지 못하게 책상에 코를 박는 것뿐이었다.

"내 친구가 그러는데 진짜래."

"말도 안 돼."

"그럼 네가 한번 물어보든가."

애들이 하는 말이 귀에 쏙쏙 들어왔다. 사이사이 내 이름도 들렸는데 늘 있는 일이지만 오늘따라 더 거슬렸다. 엎드리면 아무것도 보지 않고 좋을 줄 알았는데 아니었다. 오히려 신경만 더 쓰였다.

고개를 들자 몇몇 애들과 눈이 마주쳤다. 애들은 서로 옆구리를 찌르고 눈짓을 주고받았다. 연지는 손가락으로 나를 콕 집기까지 했다. 못 봤다면 모를까 그런 행동을 직접 보자 참기 힘들었다.

"왜 그러는데?"

"뭐가? 서은호가 편 좀 들어 줬다고 눈에 뵈는 게 없지?"

연지는 너 잘 걸렸다 하는 표정을 짓더니 내 앞으로 다가왔다. 여기서 왜 은호 이름이 나오는지 의아했다. 이건 그 애와는 상관없는 일이었다.

"잘난 남친이 보호해 주니까 좋냐? 좋겠지. 어떻게 꼬신 서은혼데. 그렇다고 너무 안심하진 마. 너도 윤다희처럼 언제 버려질지 모르잖아?"

연지는 은호의 첫사랑 이름까지 꺼내 들었다. 윤다희가 서은호에게 차였다는 소문은 너무도 유명했지만 그건 어디까지나 소문일 뿐이다. 윤다희가 서은호에게 차였든, 서은호를 찼든 나에게는 중요하지 않았다. 어차피 지나간 일이었고 두 사람이 왜 헤어졌는지, 누가 먼저 이별을 고했는지는 당사자들만 아는 거였다. 그런데 연지는 왜 모든 일을 은호와 연관 짓는 걸까? 왜 자꾸 우리 일과 상관없는 그 애 이름을 들먹이는지 이해가 안 갔다. 언젠가 말자가 흘리듯 전해 주었던 말이 떠올랐다.

"너 아직도 은호 좋아해?"

머릿속에 떠오른 생각이 입 밖으로 튀어나왔다. 당황한 듯 일그러진 연지 얼굴이 곧 무섭게 변했다.

"좋아하면 뭐? 네가 어쩔 건데? 서은호가 네 거야?"

연지는 두 손으로 내 어깨를 확 밀쳐 냈다. 내 생각은 변함없었다. 연지가 은호를 좋아한다는 이유만으로 나에게 한 못된 행동들이 정당화될 수는 없는 거였다. 그렇다고 아주 이해가 안 가는 건 아니었다. 연지가 왜 유독 나를 적대적으로 대했는지, 왜 그렇게 나를 깎아내리고 몰아세우지 못해 안달이었는지 알 것 같았다. 누군가를 좋아하는 마음이 늘 예쁘고 아름답게만 나타나는 건 아니었다. 때로는 그 마음은 질투로 변형되어 다른 사람을 미워하기도 하고, 물리적인 상처를 주기도 했다. 그런 행동들은 결코 옳은 게 아니지만 그렇게밖에 되지 않는 그 마음을 아주 모르는 것도 아니었다.

"그 표정 뭔데? 내가 불쌍해? 우스워?"

연지가 길길이 날뛰었다. 거칠게 숨을 몰아쉬던 연지는 더는 화를 주체할 수 없다는 듯 오른손으로 내 뺨을 후려쳤다. 내 몸이 교실 바닥에 나뒹굴었다. 반사적으로 고개만 들어 연지를 올려다봤다. 연지와 눈이 마주치는 순간 깨달았다. 연지가 내뿜고 있는 살기와 적의는 처음 보는 것이 아니었다.

은호가 내 뺨을 내리치던 날이 떠올랐다. 그 애가 지었던 표정과 눈빛까지 또렷하게 되살아났다. 연지 눈빛은 그날에 은호가 보인 눈빛과 꼭 같았다. 은호와 눈이 마주칠 때마다 경련에 가까운 떨림과 한기를 느꼈던 이유는…… 바로 그 눈빛 때문이었다. 깨닫지 말아야 할 걸 깨달아 버린 순간 눈앞이 아득해졌다.

눈을 떴을 때 가장 먼저 보인 건 하얀색 천장이었다.

지끈거리는 이마를 손가락으로 꾹 누르며 여기가 천국이면 좋겠다고 생각했다. 천국이란 천사들이 가득한, 슬픔이나 고통은 없고 행복만 있는 곳일 테니까. 천사라. 아직도 나는 언젠가 애들이 천사라고 치켜세워 주던 그때를 잊지 못했나 보다. 달콤했던 순간은 찰나였는데도 문득문득 떠올랐고 그럴 때면 내 현실이 얼마나 쓰디쓴 것인지 다시 한번 절감할 수 있었다.

소독약 냄새가 코끝에 감돌았다. 내가 누운 침대 옆으로 침대 하나가 더 붙어 있었고 그 옆으로는 갖가지 약과 밴드, 붕대로 어지러운 수납장이 놓여 있었다. 보건실이 분명했다.

"실례합니다."

누군가 문을 열고 안으로 들어왔다. 내 앞으로 다가온 사람은 다름 아닌 반장이었다. 부스스 일어나 앉아 반장을 바라봤다. 반장이 올 거라고는 생각지도 못했다. 딱히 다른 사람이 올 거라고 생각한 것도 아니지만.

"괜찮니?"

반장은 각진 금테 안경 너머로 나를 내려다봤다. 갈피를 잡을 수 없는 질문이었다. 정말로 괜찮은지를 묻는 것인지, 안 괜찮아야 하는데 괜찮을까 봐 묻는 것인지 모르겠다. 무슨 의미일지 한참을 곱씹어 봤지만 답은 나오지 않았다.

"그냥 적당히 피하면서 다녀. 안 그럼 너만 더 힘들잖아."

의외였다. 말자나 민주가 아닌 누군가가 나에게 그런 말을 해 줄 거라고는 생각도 못 했다. 누군가에게 듣는 비난이 아닌 충고는 정말 오랜만이었다. 그건 내가 들었던 그 어떤 화려한 칭찬이나 감탄보다 감미롭고 따뜻했다.

"담임이 동아리 활동은 안 하고 가도 된대. 나 간다."

반장은 침대 모서리에 내 가방을 내려놓고는 어색하게 손을 흔들었다.

"잠깐만."

뒤돌아서려는 반장을 잡아 세웠다. 지금이 아니면 누구에게도 물어볼 기회가 없을 것 같았다. 반장은 적어도 나에게 일부러 날을 세우고 손가락질하는 그런 애는 아닌 듯했기에 용기를 냈다. 별로 친하지 않기 때문에 오히려 더 많은 걸 물어볼 수 있을 때가 있다. 지금이 바로 그때였다.

"애들 왜 그러는 거야?"

"뭐가? 원래 그러잖아."

반장은 별 걸 다 묻는다는 얼굴이었다. 다 알면서 왜 묻느냐는 얼굴 같기도 했다.

"아냐. 평소랑은 달라. 뭐라고 꼬집어 말할 순 없는
데…… 미묘하게 달라."

"그런가?"

반장은 뭔가를 생각해 내려는 듯 미간을 좁혔다. 그게
무엇이든 반장이 생각해 내길 바랐다. 우리가 조금만 시
끄럽게 굴어도 담임은 말하곤 했다. 나뭇잎 굴러가는 것
만 봐도 웃을 나이라고. 담임이 말한 그런 나이가 맞다
해도 이건 나뭇잎이 굴러가는 것과는 달랐다. 술렁임을
넘어 애들을 요동치게 만드는 뭔가가 분명 존재했다. 마
침내 반장이 좁혔던 미간을 폈다.

"아! 동영상 때문이야."

반장 얼굴은 의기양양했다. 어려운 수학 문제를 풀어
냈을 때나 지을 법한 표정이었는데 그런 것 치고는 시시
한 대답이었다.

"아니, 그거 말고 다른 게 있다니까."

"맞아. 우리가 아는 것 말고 동영상이 또 있대. 엄청난
비밀을 가진 '제3의 동영상'이라고 했어."

"혹시…… 그것도 나에 대한 거야?"

"아마도? 제목만 공개됐는데 '지하철 선행 여중생' 어쩌
고랬어."

덤덤한 반장과는 달리 나는 머리가 지끈거렸다. 또 내

동영상이라니 믿을 수 없었다.

내 첫 번째 동영상은 지하철 선행 여중생이었다. 그 동영상은 나를 세상에서 제일가는 착한 아이로 만들어 주고 은호를 만나게 해 줬다. 두 번째 동영상은 지하철 선행 여중생의 실체였다. 내가 욕하는 장면만 악의적으로 편집한 그 동영상은 애들이 나를 미워하고 손가락질하게 만든 원흉이었다. 그런데 이제는 제3의 동영상까지 나타나 버린 것이다.

뭔가가 머릿속을 스쳤다. 지난 주말 누군가가 나에게 보낸 동영상이 떠오르자 등골이 서늘해졌다. 그 동영상에는 라일락 언덕에서 있었던 일이 고스란히 담겨 있었다. 절대 아니길 바라지만 만에 하나라도 애들이 말하는 제3의 동영상이 그거라면……. 더는 아무 생각도 나지 않았다. 내 머리가 작동하지 못하게 누군가가 스위치를 꺼 버린 것만 같았다.

"일어났네. 좀 괜찮니?"

한 손에 커피잔을 든 보건 선생님이 들어왔다.

"안 괜찮은 것 같은데요."

반장이 손가락으로 내 얼굴을 가리켰다.

"어머, 그러네. 얼굴이 백지장이야."

보건 선생님이 책상 위에 커피잔을 내려놓았다. 선생

님은 어지러운 수납장에서 뭔가를 찾기 시작했다. 나는 침대 모서리에 놓인 가방을 낚아채 보건실을 나왔다.

"얘, 얘!"

"야! 정새아."

선생님과 반장이 아무리 불러도 뒤돌아보지 않았다. 고개를 숙인 채 무작정 앞으로 걸어갔다. 누구와도 마주치고 싶지 않았다. 그들은 여전히 내 뒤에서 은밀한 말을 주고받으며 나를 미워했다. 미묘한 웃음을 흘리며 나를 증오했다. 이제 곧 그들은 예전처럼 대놓고 수군거리며 나를 손가락질할 수 있을 것이다. 그럴 날이 머지않았다.

"제3의 동영상……."

지난 주말에 받았던 동영상이 다시 떠올랐다. 장면 하나하나가 눈앞에 펼쳐졌다. 그날 맡았던 쓰레기 냄새와 라일락 향기, 내 뺨을 내리치던 손의 힘, 나를 내려다보던 차가운 눈빛과 구겨진 얼굴…… 모든 게 선명했다. 그걸 다른 사람들이 본다는 생각만으로도 다리에 힘이 풀렸다. 이젠 정말 모든 게 끝났다는 생각과 함께 한기가 온몸을 훑고 지나갔다.

고개를 들어 주위를 둘러봤다. 수백 번도 더 오갔던 길이 처음 보는 것처럼 생경했다. 집으로 가는 길도 기억이 나지 않았다. 집으로 가는 길뿐만 아니라 내가 갈 수 있는 모든 길을 잃어버린 것 같았다. 아직 가 보지 못한 길까지도 모조리 빼앗긴 기분이었다.

지금만큼은 차라리 투명 인간이 되어 버리고 싶었다. 그러면 이런 처참한 기분을 느끼지 않아도 되고, 아무런 생각을 안 해도 될 것 같았다. 하지만 그런 일은 절대 일어나지 않을 것이다. 원하는 건 이루어지지 않고, 원하지 않는 일만 일어나는 게 바로 나란 애였으니까. 평범한 것을 원하지 않았을 때는 평범하기만 하더니 이제는 평범하기만이라도 하고 싶은데 절대로 그렇게 되지 못하는 게 바로 내 삶이었다.

나도 안다. 삶이라는 게 내 뜻대로만 되는 게 아니라는 것을. 그래도 그렇지. 아무리 그렇다고 해도. 왜 나에게만 이런 일이 생기는 걸까? 왜 나만 이런 일을 당해야 하는 걸까? 내가 뭘 그렇게 잘못한 걸까? 계속 이렇게 살아야만 하는 걸까? …… 누구도 대답해 주지 않는 질문 속을 허우적거리며 나는 끊임없이 침잠했다.

13. 내 사랑에 작별을 고할 때

모든 것이 불합리하고 불공정하다고 느끼는 때에도 시간만큼은 공평했다. 행복해서 멈춰 버렸으면 좋겠다고 생각한 순간에 그랬듯이 죽을 것처럼 힘든 시간도 흘러는 갔다. 그렇게 여름 방학식 날이 되었다. 이날이 오기를 얼마나 고대했는지 모른다. 방학 동안은 애들의 수군거림이나 손가락질을 신경 쓰지 않아도 된다. 상처받지 않은 척, 아무렇지 않은 척하는 연기 또한 필요 없었다.

담임이 평소보다 잔소리를 덜 늘어놓은 덕분에 방학식은 생각보다 일찍 끝났다. 뒤도 돌아보지 않고 교실을 빠져나왔다.

교문을 나서려는데 익숙한 얼굴이 보였다. 내가 그 사람에게 다가가기도 전에 애들이 쑥덕대기 시작했다.

"쟤 걔 아냐? 정새아랑 바람피운 애?"

누군가 내뱉은 말을 시작으로 애들이 한마디씩 보탰다. 전부 입에 담고 싶지 않은 저급한 말들이었다. 재빨리 교문 앞에 서 있는 민주에게 다가갔다.

"여기서 뭐해?"

"너 기다렸지. 왜 계속 전화 안 받아?"

눈을 흘기고 싶은 사람은 나인데 오히려 민주가 눈을 흘겼다. 하지만 중요한 건 그게 아니었다. 빨리 이곳을, 애들 시선을 벗어나는 게 가장 중요했다. 어서 가자며 민주 팔을 잡아당겼다.

"어머! 정새아 지금 쟤 손 잡은 거야?"

교문 앞에 모여 있던 무리 중 한 명이 호들갑을 떨자 욕설과 비웃음, 비꼬는 말들이 여기저기서 들려왔다. 보란 듯이 바람을 피운다, 서은호만 불쌍하지, 양다리 주제에 너무 당당하네 같은 말들이 무차별적으로 날아들었다. 때로는 물리적인 폭력보다 그런 말들이 사람을 더 아프고 병들게 한다는 걸 그 애들을 모르는 듯했다. 아마 알 필요도 없을 것이다. 가해자는 절대 그런 생각을 하지 않는다. 그런 건 오로지 당한 사람만이 하는 생각이었다.

"야! 우린 그런 사이 아니거든? 그냥 친구라고. 너넨 남사친도 없어?"

민주가 애들을 향해 삿대질을 했다. 민주 딴에는 굉장히 험한 표현이었지만 애들은 그러거나 말거나 조금도 관심을 두지 않았다. 민주가 말한 '우리'라는 단어에 꽂혀서 오히려 더 호들갑을 떨 뿐이었다. 애들은 우리가 바람을 피우는 나쁜 년, 놈이 확실하다며 목소리를 높였다. 노란색 명찰을 단 2학년 여자애는 핸드폰을 들이밀어 민주와 내 사진까지 찍었다. 그 애가 사진을 찍자 너도나도 핸드폰을 꺼내 카메라 셔터를 눌러 댔다.

"그만해. 그냥 가자."

민주 등을 떠밀었다. 그때까지도 애들은 우리를 향해 욕설과 비아냥거림을 뱉어 냈다. 핸드폰 카메라 셔터를 눌러대는 소리 역시 멈추지 않았다.

"왜 사람 말을 안 믿는 거야? 미치겠네. 제3의 동영상인지 뭔지 만든 인간 잡히기만 해 봐라."

민주는 이를 갈았다. 민주가 평소답지 않게 거칠게 구는 이유를 모르는 건 아니었다. 지금 어떤 기분일지는 누구보다 내가 잘 알았다.

애들의 호기심을 사로잡은 '제3의 동영상'은 민주와 나의 동영상이었다. 동영상의 실체를 알았을 때 처음에는 다행이라고 생각했다. 라일락 언덕에서 은호에게 뺨을 맞는 내 모습이 담긴 영상이 아니었으니까. 그렇다고 해서 모든 게 괜찮은 건 아니었다. 그 동영상 덕분에 또 다른 오해가 생겨 버렸다.

동영상 속 우리는 공원을 걷고, 패스트푸드점에서 햄버거를 먹고, 카페에서 커피를 마셨다. 같이 수영장에 간 사진도 놀이공원에 간 사진도 있었다. 서로 장난치는 모습이 교묘하게 편집되어 스킨십하는 것으로 둔갑되기도 했다. 우리 얼굴에는 웃음이 가득했고, 내가 봐도 꽤 행복해 보였다.

사진들을 이어 붙여 만든 그 동영상은 애들 사이에서 빠른 속도로 퍼져 나갔다. 교묘한 편집이 한몫했지만 사귀는 사이라고 오해할 만한 부분이 없지는 않았다. 하지만 진실은 우리가 진짜 사귀는 사이는 아니라는 것이었다. 문제는 누구도 그 말을 믿어 주지도, 믿을 생각도 없다는 거였다.

"새아야……."

누군가가 민주와 내 앞을 막아섰다. 은호였다. 그 애는 슬픔이 가득한 눈으로, 실망한 빛이 역력한 얼굴로 나와 민주를 번갈아 봤다.

"만나지 말라고 부탁했잖아."

얼굴이 일그러진 은호가 손을 뻗어 내 팔을 낚아챘다. 그 애 손길이 닿자 온몸이 얼어붙었다. 그 애가 그 손으로 나에게 한 짓이 되살아났다. 그 아픔, 모욕감, 슬픔, 절망 같은 것들이 뒤섞여 아무것도 할 수 없는 상태가 되어 버렸다. 놓아 달라는 말조차 나오지 않았다.

"이 새끼가 미쳤나. 어따 손을 대?"

민주가 나를 붙잡은 은호 손을 쳐 냈다. 민주는 선의로 사람들을 바라보는 인간적인 인간 중 하나였기에 누군가에게 욕을 하는 일은 흔치 않았다. 상대방이 악의적인 인간이 아닌 이상 드문 일이었다.

"네가 뭔데 우리 일에 끼어들어?"

"새아 친구다, 왜?"

"친구든 뭐든 나타나지 마. 네가 자꾸 이러니까 너희 둘이 바람피운다는 소문이 나는 거잖아."

"그게 뭐? 난 그런 헛소문에 놀아날 생각 없거든?"

두 사람은 서로를 한참이나 노려봤다. 먼저 입을 연 건 민주였다.

"좋게 말할 때 그냥 꺼져. 더는 못 참을 것 같으니까."

민주가 은호에게 한 걸음 다가갔고 은호는 뒤로 한 걸음 물러났다. 은호보다 덩치가 큰 민주는 고개를 숙여 은호 귀에 대고 뭐라고 속삭였다. 목소리가 너무 작아 나에게까지 들리지는 않았다.

"알아들었을 거라 믿고 간다."

은호에게 마지막 말을 남긴 민주는 어서 가자며 나를 재촉했다. 나는 민주를 따라가면서도 자꾸만 뒤를 돌아봤다. 지금 당장은 은호 곁을 벗어나는 게 좋았지만 뒤에 있을 일을 감당할 수 있을지 자신이 없었다. 민주가 없을 때의 나는 절대 그 애를 이길 수도 거역할 수도 없을 터였다.

"그만 좀 봐. 저런 찌질이 뭐가 좋다고."

민주는 오늘 나를 여러 번 놀라게 했다. 찌질이 같은 단어를 민주 입에서 듣기란 말자가 떡볶이를 안 먹겠다고 하는 것처럼 희귀한 일이었다. 그런 민주가 신기하고 무엇이 민주를 그렇게 만든 것인지 궁금했다. 그러면서도 그 무엇의 정체를 정확히 알고 싶지는 않았다. 그것을 알아 버리면 돌이킬 수 없는 일이 벌어질 것만 같았다. 이번에도 나는 애들에게 그랬던 것처럼 모르는 척, 아무렇지 않은 척, 평소와 같은 척을 하기로 했다. 내가 내색하지 않으면, 아는 척하지 않으면 아무 일도 없는 것과 같을 테니까.

"원래 안 그래. 내 걱정해서 그런 거지."

민주가 부디 속기를 바라며 은호 편을 들었다. 그게 가장 보통의 나다운 모습일 테니까.

"걱정은 쥐뿔. 지나가던 개가 웃겠네. 너한테 또 찌질하게 군 거 없어? 있으면 다 말해. 가만 안 둘 테니까."

민주는 이번에도 격한 말을 뱉어 냈다. 평소와는 다른 민주를 보니 문득 나도 아무렇지 않은 척, 평소와 같은 척을 하고 싶지 않았다. 나답지 않게 아무 생각 없이 모든 것을 털어놓고 싶은 충동이 생겼다. 내가 당한 일을 아무도 몰라야 된다고 생각하면서도 늘 누군가에게는 말하고 싶었다. 하지만 안 될 일이었다. 아니, 절대 말해서는 안 된다. 내 고통은 나만 짊어지면 되는 거였다. 민주에게 말하고 나면 지금보다는 조금 편해질지 모른다. 그렇다면 민주는? 민주가 나 때문에 힘들어지는 건 싫었다. 고통은 나누면 반이 되지 않는다. 두 사람 다 똑같이 고통스러워질 뿐이다.

우리는 공원으로 들어섰다. 올해 들어 가장 더운 날이어서 그런지 사람이라곤 없었고, 길고양이나 비둘기조차 보이지 않았다. 바람도 한 점 없는 공원에 있는 건 쨍쨍 내리쬐는 햇볕뿐이었다. 타원형 트랙이 시작되는 곳으로 발길을 옮겼다. 산책하거나 수다를 떨 때 종종 가는 곳이었다.

"덥다. 무슨 말인데 여기까지 와?"

나는 트랙 뒤쪽에 있는 벤치에 털썩 앉았다.

"별 건 아니고…… 나 커밍아웃하려고."

씩 웃는 민주를 멍하니 쳐다봤다. 내가 제대로 들은 건지 확신이 서지 않았다.

"우리가 바람피운 게 아니란 걸 밝혀야 할 거 아냐. 이게 젤 좋은 방법 같아."

민주 말에 심장이 벌렁거렸다. 내가 제대로 들은 게 맞았다.

민주와 나는 바람을 피우지 않았다. 나 역시 사람들이 그 사실을 알아주길 바란다. 하지만 이런 식의 핵폭탄 같은 선언으로 그 사실을 알아 달라 애걸하고 싶지는 않았다. 내가 원한 건 사람들이 진실이 뭔지 깨닫고, 우리가 그런 사이가 아니라는 것을 믿어 주는 거였다. 그건 민주의 희생으로 이루어질 수도 없고, 이루어져서도 안 되는 일이었다. 누군가의 일방적인 희생으로 얻어진 진실은 진짜일 수 없고, 진짜가 아닌 건 언젠가는 무너지게 되어 있다. 은호와 내 관계처럼.

"말도 안 되는 소리 하지 마."

"이젠 밝힐 때도 됐어."

"왜 그런 걸 밝혀야 하는데?"

내가 누군가를 좋아한다고 해서 그걸 세상 사람들에게 공표해야 할 의무는 없다. 민주 역시 누구를 좋아하든 사람들에게 밝힐 필요는 없었다. 누군가를 좋아하는 건 개인의 자유였다. 물론 세상 사람들을 향해 좋아하는 사람에 대해 말할 자유 또한 있다. 그건 오로지 민주 의지로만 행해져야 하는 일이었다. 누군가에게 등을 떠밀려 억지로 해서는 안 되는 일이라는 얘기였다.

"그냥 그러고 싶어."

"거짓말. 나 때문에 그러는 거잖아. 난 괜찮으니까 그러지 마."

"괜찮긴 뭐가 괜찮아? 너야말로 거짓말하지 마."

민주는 한 번도 본 적 없는 진지한 얼굴로 나를 마주 봤다. 그런 민주를 보고 있자니 마음이 또 움직였다. 지금이라도 민주에게 내 상황을, 내 마음을 숨김없이 모조리 쏟아 내고 싶었다. 하지만 그렇게 되면 민주는 나를 위해 지금보다 더한 결심을 할지도 모른다. 민주가 나 때문에 더 힘들어지는 것도, 더 곤란해지는 것도 안 된다. 이게 끝이어야 했다.

"거짓말 아냐. 나 진짜 괜찮아."

"괜찮은 척 좀 그만해! 네가 그런다고 내가 모를 줄 알아?"

민주는 한참 동안 나를 응시했다. 흔들리는 눈동자, 파르르 떨리는 입술, 괴로워하는 표정이 한눈에 들어왔다.

"알겠으니까 그만해."

더는 민주가 하는 말을 들어서는 안 될 것 같았다. 듣고 나면 걷잡을 수 없을 것만 같은 예감이 들었다.

"정새아, 똑똑히 들어."

하지만 민주는 봐주지 않았다. 자신이 알고 있는 사실을 하나하나 끄집어내 내 앞에 펼쳐 보였다. 남들은 끝까지 모르길 바랐던 일이 민주 입에서 오래된 팝송처럼 잔잔하고도 조용하게 흘러나왔다. 그렇게 내 비밀은 더는 비밀이 아닌 것이 되어 버렸다.

내 비밀이 산산조각 나 버리는 순간에야 비로소 깨달았다. 내가 정말 두려웠던 건 은호에게 뺨을 맞는 일 따위가 아니었다. 그러한 폭력이 무섭지 않아서가 아니라 더 두려운 게 있었기 때문이다. 사람들이 그 사실을 알게 되는 것. 그것이 나에게는 더한 공포이자 수치였다. 아무도 몰라야 했다. 사람들이 모르면 아무 일도 없었다고 우길 수 있었다. 아무 일도 당하지 않은 척 살 수 있었다. 그게 내 마지막 자존심을 지키고 내 자신을 덜 비참하게 만드는 방법이라 생각했다.

"넌 그냥 모르는 척해."

"이게 숨긴다고 될 일이야?"

"그럼 어떡해? 그런 것까지 알려지면 남들이 날 어떻

게 볼 것 같아? 지금도 이 지경인데……."

하루에도 수십 번, 수백 번 생각했다. 사람들이 내가 당한 일을 알게 되면 뭐라고들 할까? 내가 바보 같아서 당했다고 하는 건 아닐까? 맞고도 암말 못하는 등신이라고, 한심한 애라고 생각하진 않을까? 당해도 싸다고, 내가 맞을 짓을 했을 거라고 말하는 건 아닐까? 생각 속에서조차 나를 위로해 주거나 내 편을 들어 주는 사람은 없었다. 지금보다 더 아픈 말로 나를 들쑤셔 놓는 사람들만 있을 뿐.

"남들 시선이 뭐가 중요해? 네가 중요하지."

"난 남들도 중요해. 남들이 날 어떻게 보는지도 중요하다고."

"너 진짜 계속 이렇게 바보처럼 굴 거야?"

"그럼 어떡해야 하는데? 어떡해야 하는 거냐고! 어?"

민주에게 따지고 들었지만 실은 매달리는 거였다. 제발 이 수렁에서 나를 구해 달라고 애원하는 중이었고, 여기서 탈출할 방법이라도 알려 달라고 울부짖는 중이었다.

"넌 왜 나를 민주라고 불러? 민형주가 아니라?"

민주 입에서 나온 그 이름이 낯설었다. 민주는 '민형주'라는 제 진짜 이름을 싫어했다. 싫어하는 걸 넘어 혐오하는 수준이었는데 자신이 짓지 않은 이름이 자기 삶을 옥죄인다고 생각했기 때문이다.

"네가 그렇게 불러 달라며?"

민형주는 '민주'이고 싶어 했다. 그게 누군가가 지어 준 이름과는 다른, 스스로 선택한 인생을 사는 길이라 믿었다.

"다른 애들은 안 그랬어. 너만 날 그렇게 불렀지."

그랬다. 민형주라는 진짜 이름이 있었기에 애들이 민주라고 부르는 일은 없었다. 그러기는커녕 사람들에게 관심 받고 싶어 이상한 이름이나 지어내는 관종 취급을 하기도 했다.

"그게 뭐? 다른 애들이 뭔 상관인데?"

민주를 똑바로 쳐다봤다. 누가 뭐라든 내 친구가 원하는 거라면 몇 번이라도 '민주'라고 부를 수 있었다. 그 애가 원하는 이름이 강아지나 고양이, 참새였어도 그렇게 불렀을 것이다.

"맞아. 네가 그랬잖아. 다른 사람은 안 중요하다며? 내가 가장 중요하다며? 나한테는 그러더니 왜 너 자신한테는 그렇게 못 하는데? 이 바보 멍청아!"

민주 말이 맞았다. 나는 진짜 나를 저 깊은 곳에 묻어 두고 아무것도 모르는 바보 멍청이로 살고 싶었다. 아무 것도 모르면 아프지도 힘들지도 않을 거라고만 생각했다. 그런 나 때문에 누군가가 상처받을 거라고, 힘들어질 거라고는 생각하지 못했다. 내가 제일 아프고 힘들다고만 여겼기에 다른 누군가를 돌아볼 여력이 없었다. 그게 나에게 가장 소중한 친구일지라도.

"그러네. 내가 진짜 바보 멍청이였네."

"누가 아니래? 그래도 말자는 끝까지 바보 멍청이라고는 안 하더라."

"말자도 알아?"

"당연하지. 나한테 말해 준 사람이 말잔데."

민주 말에 따르면 말자는 처음부터 은호가 못마땅했다. 스타벅스에서 만났던 그날부터 말이다. 자기 멋대로 내 음료를 주문하던 그 순간부터 은호는 말자에게 찍혔다. 그제야 말자가 왜 그렇게 은호와 내가 만날 때마다 따라왔는지 알 것 같았다. 말자는 일부러 나를 훼방 놓기 위해 그랬던 게 아니었다. 은호를 주시하고 나를 보호하기 위해서였다.

"처음엔 너희를 따라다니다가 나중엔 혼자 이것저것 알아보고 다닌 모양이더라고. 그러다 네 일도 알게 된 거고."

"근데 왜 나한테 말 안 했대?"

"네가 아무도 모르길 원했잖아. 그래서 우리한테도 말 안 했던 거 아냐? 말자는 지금도 모르는 척하자는데 난 반대야. 같이 대책을 세워야 한다고 생각하니까."

민주를 바라봤다. 민주 얼굴 위로 말자 얼굴이 겹쳐 보였다. 그동안 나를 빼고 둘이서만 연락을 주고받은 이유를 이제야 알 것 같다. 두 사람이 나를 위해 얼마나 많은 시간을 할애하고, 얼마나 많은 고민을 했을지 가늠도 되지 않았다. 평범하디평범한, 아니 평범하지도 못한 나에게 두 사람은 너무도 특별한 친구임이 분명했다. 그것도 모르고 나는 두 사람만 친하게 지낸다며 질투를 하고 배신감을 느꼈다. 나를 지켜 주고 내 편이 되어 주려는 친구들을 몰라본 나는 정말 바보였다. 뭐를 위해서, 뭘 지키려고 지금껏 이토록 멍청하게 군걸까? 이러다가는 정말 소중한 걸 잃을지도 몰랐다. 어쩌면 이미 소중한 걸 몇 개쯤 잃었는지도 모르기에 더는 잃고 싶지 않았다.

"나 때문에 커밍아웃하는 건 꿈도 꾸지 마. 네가 정말 원할 때 해. 정말 해야 할 때."

"내가 원하는 때가 지금이라고!"

민주는 박박 우겼지만 사실이 아니라는 걸 누구보다 잘 알고 있다. 나는 단호히 고개를 저었다.

"내 일은 내가 해결할게. 그게 맞아."

이 말을 하는데 너무 오랜 시간이 걸렸다. 마치 지금 막 깨달은 것 같지만 그건 아니었다. 이미 알고 있었지만 모르는 척하고 싶었을 뿐이다. 시간이 지나면 내 문제가 저절로 해결될 거라고, 다들 잊을 거라고 생각했다. 이제야 비로소 나는 현실을 직시한다. 내 문제는 저절로 해결될 수 있는 게 아니다. 대신 해결해 줄 사람도 없다. 그 일을 해결할 수 있는 사람은 오직 나뿐이다. 해결…….어쩌면 내 사랑에 진짜 작별을 고해야 할지도 모른다는 생각이 머릿속을 스치고 지나갔다.

14. 내겐 너무 용감한 그녀, 용자

시간은 평소처럼 공평하게 흘렀지만 체감 속도는 평소와 달랐다. 요즘 내 시간은 어느 때보다 빠르게 흘러가는 느낌이었기에 마음은 점점 조급해졌다. 민주에게 큰소리친 이후 별로 달라진 게 없어서일 것이다. 더는 바보 멍청이처럼 굴지 않으려 애썼지만 그런다고 모든 게 단번에 해결되지는 않았다. 내 문제는 내가 해결할 거란 결심에는 변함이 없다. 다만 해결 방법을 찾는 일이 아직은 멀고 험난하기만 했다.

"띵동띵동"

핸드폰 알림음이 쉬지 않고 울렸다. 핸드폰을 집어 들자 화면 한가운데서 반짝이는 종 모양 이모티콘이 눈에 들어왔다. 카페 '어스(US)'에 새로운 글이 올라왔음을 알리는 표시였다.

어스에 올라온 충격적인 사진을 본 그날 다시는 그 카페에 들어가지 않겠노라 다짐했다. 온몸에 멍이 든 여성의 사진을 더는 보고 싶지 않았다. 그런 사진을 보면 누군가가 목을 조이는 것처럼 숨이 막혔고 심장이 죄어 오는 고통을 느꼈다. 나를 숨 막히게 하는 건 엄마 아빠로 족했고, 은호로 충분했다. 하지만 그 다짐은 오래가지 못했다. 그날 이후 열심히 인터넷 검색을 하면서 어스에 대해 알게 되었기 때문이다. 어스에서는 카페 회원이 직접 겪은 일과 그 일에 대한 대처, 그 후 어떻게 되었는지 같은 걸 자세히 알 수 있었다. 내가 알고 싶은 게 바로 그런 것들이었고 그런 자료가 가장 많은 곳이 바로 어스였다.

"뭐지? 무슨 일 났나?"

종 모양 이모티콘을 클릭하자 카페로 자동 연결되었다. 한 줄 인사 게시판은 새로운 글을 알리는 'new' 표시로 가득했는데 그것 때문에 알람이 계속 울린 거였다. 걱정 반, 기대 반으로 한 줄 인사 게시판을 클릭했다. 이 카페에 올라오는 글은 자신이 당한 일에 대한 것이 대부분이었기에 걱정스러운 마음이 더 컸다.

- 용자 님 응원합니다!!

- 다시 한번 생각해 보세요, 용자 님 ㅠㅠㅠ

- 용자 님은 진정한 용자~~

- 용자 님 상처받을까 걱정임

- 난 무조건 용자 편!

......

게시판에 쓰인 글은 모두 '용자'라는 닉네임을 쓰는 사람에 대한 거였다. 용감한 사람이라는 뜻의 그 닉네임은 나도 본 적이 있다. 몇 번인가 그 사람이 쓴 글도 읽었는데 무슨 내용이었는지는 잘 기억나지 않았다.

카페 검색창에 '용자'를 써넣고 엔터키를 눌렀다. 그 단어가 들어간 카페 글이 모두 검색되어 나타났다. 검색된 글을 인기 많은 순, 댓글 많은 순으로 다시 정렬했다. 가장 인기가 많고 댓글이 많이 달린 글이 맨 위 줄에 떴다.

"어? 어제까지만 해도 못 봤던 건데."

이 순간에도 조회 수와 댓글 수가 올라가는 그 글을 나도 클릭했다. 첨부 파일 표시가 없는 걸 보니 사진은 없는 듯해 안심하고 한 클릭이었다. 물리적인 상처를 입은 사람들의 모습을 두 눈으로 직접 보는 건 여전히 힘들다. 글로 읽는 것 역시 힘들기는 마찬가지였지만 사진이 없으면 그나마 나았다.

용자가 쓴 글을 읽기 시작했다. 최대한 객관적으로 담담하게 읽어 내려 했지만 중간중간 스크롤을 내리지 못하고 주춤거렸다. 내가 들었던 말, 당했던 행동과 무서우리만치 비슷한 부분들이 계속 눈에 띄었고 덕분에 안 좋은 기억들이 생생히 되살아났다.

"하…… 더는 못 읽겠다."

용자가 당한 끔찍한 폭행이 묘사된 부분에 이르렀을 때 끝까지 읽기를 포기했다. 앞으로 나올 내용을 감당할 자신이 없었다. 뒤로 가기 버튼을 누르려는데 글의 어떤 부분이 눈에 들어왔다.

"열다섯? 나보다 한 살 어리다고?"

그동안 내가 찾아 헤매던 글이었다. 용자는 나와 비슷한 일을 겪은 또래였다. 내가 그런 글을 읽고 싶었던 이유는 하나다. 그들이 그 일을 어떻게 헤쳐 나갔는지 알고 싶었다. 그들이 한 대로 따라 하면 나도 이 일을 해결하거나 극복할 수 있지 않을까 생각했다. 그렇지 못하더라도 아주 작은 해결의 실마리라도 얻을 수 있지 않을까 하는 기대가 있었다. 그럴 수만 있다면 어떤 끔찍하고 잔인한 묘사가 들어 있는 글도 읽어 낼 수 있다. 읽어 내야만 했다.

"진짜 용자 맞네."

간신히 글을 다 읽어 냈을 때 처음 든 생각이었다. 자신이 당한 일을 이렇게 밝힐 수 있다는 자체가 대단했다. 나라면 죽었다 깨어나도 못 할 일이었다. 문제는 그녀가 하려는 일이 나에게 해결의 실마리를 주기는커녕 나를 더 걱정스럽게 만들었다는 것이다.

"이걸로 충분해. 제발 그만해."

용자가 눈앞에 있기라도 하듯 중얼거렸다. 그녀는 자신이 당한 일을 세상에 폭로할 거라고 했다. 그건 절대 쉬운 일이 아닐 터였다. 아무리 '용자'라고 해도 말이다. 세상 사람들은 자신이 보고 싶은 것을 보고, 믿고 싶은 것을 믿는다. 누군가가 밤하늘에 달(月)을 보라며 손가락질하면 달은 보지 않고 손가락만 보는 사람들처럼 말이다. 용자가 그 일을 폭로했을 때 누군가는 그 일을 왜곡하거나 곡해할 것이고 그것은 그녀에게 상처를 줄 것이다.

  └ 장미 : 과연 소용 있는 일일까요?
  └ 장미 : 용자 님만 상처받고 끝날 수도 있어요

결국 용자가 쓴 글에 댓글을 달았다. 괜한 오지랖은 아닐까 싶으면서도 그녀가 나와 같은 상처를 받을지도 모른다는 생각에 그냥 지나칠 수가 없었다. 용자가 내 눈앞에 있다면 당장에 그만두라며 윤 여사가 그러는 것처럼 등짝을 한 대 쳐 주고 싶은 마음도 있었다. 그렇게 해서 그녀가 그 일을 멈춘다면 그럴 수 있을 것 같았다. 수많은 사람 입에 오르내리며 원치 않는 손가락질을 받는 그런 일은 피할 수만 있다면 피하는 게 좋았다.

잠시 후 내 댓글에 용자가 답을 달았고 다시 한번 메시지가 오갔다.

     └ 용자 : 첨부터 만족스런 결과를 얻긴 힘들겠져

     └ 용자 : 장미 님 말씀처럼 상처만 받고 끝일 수도 있고 ㅋㅋ

     └ 용자 : 그렇다고 당하고만 있을 순 없잖아여

     └ 용자 : 이제 시작이니까 큰 욕심은 안 부리려고여

      └ 장미 : 시작이 곧 끝이 되어 버릴 수도 있어요

       └ 용자 : 아무것도 안 하는 것보단 시작이라도 해 보고 끝나는 게 낫지 않나여?

       └ 용자 : 그거 알아여? 폭력도 습관인 거

       └ 용자 : 나 다음은 또 누굴까여?

       └ 용자 : 어떤 일에든 대가가 따른다는 걸 그 악마도 알아야져

결과가 어떻든 시작은 해 보겠다는 용자의 말이 가슴을 울렸다. 두려움이라고는 없어 보이는 그녀가 대견하면서도 한편으로는 여전히 걱정스러웠다. 어떤 일에든 대가는 따르는 법이라지만 때로는 터무니없이 고약한 대가를 치러야 할 때가 있다. 나는 그런 대가를 치른 적이 있고, 여전히 치르는 중이었다. 그건 평범하디평범한 사람이 평범하지조차 못한 사람이 되는 그런 일이었다. 용자 역시 그러한 고약한 대가를 치러야 할지도 모른다. 그렇다고 무조건 그녀를 말릴 수만은 없었다. 용자에게는 용자만의 삶의 방식이 있는 거고, 그건 누구도 간섭하거나 침해할 수 없는 거였다.

용자를 막을 수 없다면 열렬한 지지를 보낼 수밖에. 아울러 마음속으로 빌어 본다. 그녀가 하려는 일이 성공하기를, 그 일로 치러야 하는 대가가 터무니없는 것이 아니기를, 나쁜 일이 생기지 않기를, 세상 사람들이 주는 상처를 조금이라도 덜 받기를, 부디 그 상처를 견뎌 낼 수 있기를, 슬픔과 아픔을 나눌 누군가가 그 사람 곁에 끝까지 있어 주기를…….

여름 방학은 막바지로 치달았다. 모든 일에는 끝이 있는 법이고 여름 방학도 끝나가건만 영영 끝나지 않을 것처럼 보이는 게 있었다. 민주와 나에 대한 소문이 그랬다. 사람들은 민주와 나를 엮는 일에 여전히 열을 올렸다. 어찌나 창의적으로 말을 만들어 내는지 때로는 경이롭기까지 했다.

　SNS를 뜨겁게 달군 오늘의 타깃은 유치원 소풍 때 찍은 사진이었다. 사람들은 우리가 손을 잡고 있다는 이유만으로 억지를 부렸다. 어렸을 때부터 그렇고 그런 사이였다, 저 때부터 서로를 보는 눈빛이 심상치 않다, 싹수가 노랬다…… . 사람들은 여전히 함부로 떠들어 댔다.

　그런 말들에 대한 내성은 생기지 않는 모양이었다. 아무리 시간이 지나도 무뎌지지 않고 똑같이 아픈 걸 보면 말이다. 그렇다고 그들을 원망하고 미워하는데 모든 시간과 에너지를 쏟아붓고 싶지는 않았다. 민주 말처럼 중요한 건 남들의 시선이 아니었다. 내가 보는 나 자신이 중요했고, 스스로를 못 본 척하지 않고 똑바로 바라보는 게 중요했다. 더불어 나와 같은 누군가를 못 본 척하지 않는 것도 내게는 중요한 일이었다.

　SNS를 끄고 '어스'에 접속했다. 하루에도 몇 번이고 카페에 들어가 용자에게 무슨 일이 있는 건 아닌지 살폈다. 무슨 일이 생기면 당장에라도 달려갈 것처럼 말이다. 그녀의 원대한 계획을 알게 된 후로 매일같이 그렇게 했다. 내 앞가림도 못 하는 처지였고 내가 도움이 될는지조차 알 수 없었지만 나와 같은 누군가를 돕고 싶은 마음만은 진심이었다.

나에게 동영상을 보낸 사람을 찾겠다는 생각은 희미해진 지 오래였다. 숨기고 싶은 비밀이 담긴 동영상을 누군가 가지고 있다는 생각만으로도 문득문득 불편하고 불안하긴 했다. 하지만 그 동영상은 나를 협박하거나 압박하려고 보낸 게 아닐지도 모른다는 생각이 들었다. 내가 용자를 걱정하듯 나를 걱정한 누군가가 카페 '어스'의 존재를 알려 주기 위해 보낸 건 아니었을까? 민주처럼 선의로 사람을 보는 어떤 인간적인 인간이 나에게 준 선물이라 믿고 싶었다.

"어? 용자 님이다!"

함께 접속한 회원 리스트에 떠 있는 그녀를 발견했다. 뜻하지 않은 곳에서 오랜만에 친구를 만난 느낌이었다.

- 용자 님~~
- 같이 접속을 다 하고!!
- 완전 반가워요^^

채팅창을 열어 말을 걸고는 아차 싶었다. 그동안 나

혼자 용자를 주시한 탓에 우리가 굉장히 친한 사이라는 착각을 하고 말았다. 서로 댓글을 주고받았을 뿐 친하다고 할 만한 사이는 전혀 아니었다.

채팅창을 닫으려는데 용자가 반갑게 인사를 해 왔고 대화가 이어졌다. 우리는 서로의 안부를 묻고, 날씨 얘기를 하고, 시시껄렁한 농담을 주고받았다. 친근하게 대해 주는 용자 덕분에 오랜 친구와 수다를 떠는 것처럼 즐겁고 마음이 편했다.

- 장미 님?
- 전 이만 자야 할 듯
- 낼 홈스쿨링 시간 땜에
                                             - 네~~
                         - 용자 님 덕분에 재밌었어요
- 저도여
- 언제 시간 되면 함 만나여
- 할 말이 많아여
                                              - 네^^
                              - 그럼 담에 봐요
- 내일 시간 어때여?
                                              - 네?

- 우리 낼 만나여

- 꼭 할 말이 있어여

용자를 만나 보고 싶다는 생각을 한 적이 있다. 그녀가 어떤 사람인지 궁금했고 직접 만나 해 주고 싶은 말도 있었다. 그녀가 하려는 일이 얼마나 힘들고 고통스러울지에 대한 거였다. 사람들은 슬픔을 나누면 반이 되고, 기쁨을 나누면 배가 된다고 말한다. 내가 겪은 바에 의하면 그건 거짓말이다. 슬픔과 고통을 나누면 약점이나 조롱거리가 되고, 기쁨을 나누면 시기의 대상이 될 뿐이었다. 용자의 아픔이 세상에 드러나는 순간, 누군가는 그것을 빌미로 그녀에게 상처를 줄 것이다. 그렇더라도 너무 아파하지는 않길 바란다, 내가 당신을 응원하고 있다는 말도 전하고 싶었다.

듣고 싶은 말도 있었다. 그녀의 용기는 어디서 나오는 것인지, 나도 그런 용기를 배울 수 있는지 알고 싶었다. 그녀의 대답을 들으면 나도 조금은 용기 있는 사람이 될 수 있지 않을까? 그 용기 덕분에 지금과는 다른 사람이 될 수 있을는지도 몰랐다.

- 글쎄요

- 낼은 좀 바쁜데...

- 죄송해요 ㅠㅠ

　온라인과 오프라인은 엄연히 다른 세상이었다. 그렇기에 각각의 세상에서 완전히 다른 사람으로 사는 것도 가능했다. 온라인에서 말도 잘하고 재미있는 사람이 오프라인에서는 낯을 가리는 사람일 수 있고, 온라인에서 악플을 도배하는 사람이 오프라인에서는 누구보다 모범적이고 착한 사람일 수도 있었다.

　은호는 SNS상에서 누구나 부러워하고 우러러보는 스타였다. 멋지고 반짝반짝 빛나는 사람이었다. 현실에서, 내 곁에서의 그 애는 달랐다. SNS에서 본 것처럼 멋지지도 빛나지도 않았다. 그렇게 보인 적도 있지만 결국은 아니었다. 누구든 각각의 세상에서 완전히 다른 사람으로 살 수 있다는 사실을 나는 너무 늦게 깨달았다. 진작 알았다면 지금과는 많은 것이 달라져 있을 것이다. 아주 많은 것들이.

　더는 그런 실수를 하고 싶지 않았다. 고로 용자를 직접 만나는 일은 없을 것이다. 아무리 해 주고 싶은 말과 듣고 싶은 말이 있다 해도.

- 중요한 일이에여

- 바빠도 시간 좀 내 줘여

- 서은호 얘기니까

용자는 다시 연락하겠다는 말을 남기고 채팅창에서 나가 버렸다. 머리를 한 대 얻어맞은 것처럼 멍했다. 몇 번을 다시 봐도 채팅창에 쓰여 있는 이름은 분명 '서은호'였다. 용자는 내가 누구인지 아는 게 틀림없었다. 그렇지 않고서는 그 이름을 꺼낼 이유가 없었을 테니. 거기까지 생각하자 짜증이 밀려왔다. 익명의 공간에서 누군가가 나를 아는 게 유쾌한 일은 아니었다. 나는 상대방에 대해 모르는데 상대방만 나에 대해 알고 있다면 더더구나 그랬다.

"난 안 만나고 싶다고!"

내뱉은 말과는 다르게 마음 한편에서는 빨리 만나고 싶다는 생각이 고개를 들었다. 그녀가 누구인지부터 나에 대해 뭘 얼마나 알고 있는지까지 궁금한 게 너무 많았다. 그중에서도 가장 궁금한 건 나를 만나자고 한 이유였다. 용자라면, 그녀라면…… 나에게 어떤 해를 끼치려고 만나자는 건 아닐 것 같았다. 나에게 용기를 주거나 어떤 희망적인 얘기를 해 주려는 게 아닐까?

심장에 찌릿한 기운이 감돌았다. 그것은 통증과는 다른 느낌이었다. 막연한 기대감이 주는 가슴 떨림이나 설렘에 가까웠다. 다른 사람에게 거는 기대와 희망이 얼마나 헛되고 아픈 것인지 누구보다 잘 알면서도 나는 여전히 그것들을 버리지 못한 채였다. 나는 누군가를 향한 헛된 기대와 희망을 또다시 가슴 깊이 품어 버리고 말았다.

15. 아주 오래전에 끝났거나
어쩌면 처음부터 없었는지도 모르는

민주는 내 얼굴을 뚫어지게 바라봤다. 우리 집 거실에
서 아침부터 민주와 마주 보고 앉아 있다니. 별 낯선 풍
경도 다 있다고 생각하며 민주와 눈을 맞췄다. 눈이 붉게
충혈된 걸 보니 민주도 나처럼 어젯밤에 잠을 잘 자지 못
한 듯했다. 어쩌면 새벽부터 일어나 우리 집 앞에서 식구
들이 나가기만을 기다렸는지도 모르겠다. 엄마 아빠가
출근을 하고, 윤 여사가 구청 노래 교실에 가자마자 우리
집 초인종을 누른 걸 보면 말이다.

"정말 나갈 거야?"

민주가 또 물었고 나 역시 똑같은 대답을 했다.

"어. 나갈 거라고."

"네 맘대로 할 거면 어제 전화는 왜 한 거야?"

어젯밤 용자와 채팅을 끝낸 후 머릿속이 복잡했다. 용자를 만나긴 해야 할 것 같은데 정말 만나도 되는지 확신이 서지 않았다. 누군가에게 물어보고 싶었다. 내 마음을 알아주고, 나를 이해해 주는 누군가의 충고가 필요했다. 그런 사람이 나에게는 두 명 있었는데 바로 말자와 민주였다.

처음에는 말자에게 연락할까 생각했다. 하지만 아직 정식으로 화해도 못 했는데 무턱대고 전화하기가 좀 꺼려졌다. 그동안 연락 한 번 안 하다 이런 걸 물으려고 연락하는 게 뻔뻔스럽게 느껴지기도 했다. 결국 민주에게 전화를 걸었다. 내 얘기를 들은 민주는 용자를 만나지 않는 게 좋겠다고 했다. 그 말을 듣고서야 내가 듣고 싶었던 말이 뭔지 깨달았다. 나에게 필요했던 건 용자를 잘 만나고 오라는 응원이었다.

"어쩌면 좋을지 물어본 거지 네 말대로 한다고는 안 했잖아."

"만나지 말라는 게 아니라 누군지 먼저 알아보고 만나라고."

"만나 보면 알겠지."

"겁도 없이 진짜. 이상한 사람이면 어쩌려고 그래?"

민주는 인터넷 뉴스에 출현한 온갖 범죄자들을 나열했

다. 그러면 내가 겁을 먹고 용자를 만나러 가지 않을 거라 생각한 모양이었다. 나라고 그녀가 좋은 사람일 거라고 100% 확신하는 건 아니다. 그렇더라도 나에게는 그녀를 만나야 할 이유가 있었다.

"서은호에 대해 할 말이 있다잖아. 안 만나면 찜찜할 것 같단 말이야."

"뭐가 그렇게 찜찜한데? 너 설마 아직도 그 자식 좋아하는 거야?"

민주는 진심으로 이해할 수 없다는 표정을 지었다.

"누가 그렇대? 나한테 서은호 얘길 한 걸 보면 내가 누군지도 아는 거잖아. 그럼 나도 걔가 누군지 알아야지. 그래야 나한테 원하는 게 뭔지도 알 수 있을 거 아냐."

용자가 나에게 어떤 용기나 희망을 줄지도 모른다는 얘기는 하지 않았다. 나조차도 그것이 얼마나 터무니없는 꿈인지 알고 있었다.

"알았어. 같이 가 그럼."

민주가 계속 걱정하는 건 딱 하나, 용자가 나에게 물리적이든 정신적이든 어떤 피해를 줄까 봐서였다. 그동안 내가 본 용자는 절대 그럴 사람은 아니었다. 만에 하나 민주 말대로 이상하거나 위험한 사람일지라도 민주를 앞세워 만나러 가고 싶진 않았다. 그건 그동안 내가 보아

온 용자를 부정하는 거였고, 용자에 대한 예의도 아닌 것 같았다. 그녀가 만나자고 했을 때는 분명 그만한 이유가 있을 거라 믿고 싶기도 했다.

우리는 한참을 옥신각신했다. 민주는 무조건 같이 갈 거라 우겼고, 나는 절대로 안 된다고 버텼다.

"하여간 고집은. 맘대로 해."

민주는 자기가 졌다고 말했지만 실을 진 게 아니라는 걸 안다. 민주는 당사자인 내 의견이 가장 중요하다는 걸 알았기에 내 뜻을 존중하고 내 의견에 따라 준 것이리라. 민주는 원래 그런 애였다. 어떤 경우에도 상대방을 존중하고 배려하는 사람이었다.

"대신 근처에 있을 테니 무슨 일 있음 바로 전화해."

그러면서도 민주는 끝까지 내 걱정이었다. 민주가 옆에 있어 얼마나 든든하고 다행인지 모르겠다. 나도 민주에게 민주 같은 친구가 되어 줄 수 있을까?

"알았어. 내 걱정하는 건 우리 민주뿐이네."

내 코맹맹이 소리에 민주는 몸서리를 쳤다. 그러고는 어서 씻기나 하라며 나를 화장실 안으로 밀어 넣었다.

"만나러 가지 말라더니 왜 씻으래?"

"아무리 말려도 나갈 거라며?"

"그야 그렇지."

"그럼 잔말 말고 씻어. 그나마 씻어야지 봐 줄 만한 얼굴이니까."

민주와 시답잖은 말을 주고받으며 떠드는 이 순간이 좋았다. 이럴 때면 예전에는 지긋지긋했지만 이제는 너무도 바라는 '평범한 사람'이 된 것만 같았다. 나에게 아무 일도 일어나지 않은 것 같은 기분이 들었고 잠시나마 내가 처한 상황을 잊을 수도 있었다. 내가 등장하는 수많은 동영상과 짤, 사람들의 수군거림과 손가락질, 은호가 나에게 한 잔인한 말과 행동들…… 그 모든 것이 나와는 상관없이 느껴졌다. 아주 잠시였지만 때로는 영겁처럼 느껴지기도 하는 이런 시간이 나에게는 무엇보다 소중했다.

민주와 같이 집을 나섰다. 아파트 정문에서 헤어질 때까지도 민주는 걱정이라며 한참을 머뭇거렸다. 하지만 결국에는 내 선택을 믿는다는 말을 남기고는 깔끔하게 돌아섰다.

민주를 보내고 아파트 단지 안에 있는 정자로 향했다. 용자가 약속 장소로 그곳을 택한 걸 보면 그녀는 내가 누구인지는 물론이고 어디에 사는지까지도 아는 듯했다.

과연 용자는 누구일까? 어떤 사람일까? 왜 나를 만나자고 한 거지? 나에게 원하는 게 뭘까? 그녀를 만나는 게 잘하는 일인 걸까? 생각하면 할수록 머릿속만 더 어지러워질 뿐 정리는 되지 않았다.

"정말 이러기야?"

누군가가 내 앞을 막아섰다. 처음에는 잘못 본 줄 알았는데 아니었다. 내 앞에 서 있는 건 서은호가 맞았다. 오랜만에 본 그 애는 전과는 조금 다른 분위기를 풍겼는데 수척해진 얼굴 때문인 듯했다.

"그런 메시지만 남기고 잠수 타는 게 어딨어?"

메시지를 보낸 건 맞지만 일부러 잠적한 건 아니었다. 더는 은호와 연락할 이유가 없었을 뿐이다.

영원할 것 같던 지하철 선행 여중생이라는 타이틀이 한순간 사라졌듯 은호의 여자 친구라는 자리 역시 언제 사라질지 몰랐다. 그 자리는 내게 신기루와 같았다. 아니다. 그 애와 나는 허울뿐인 관계였으니 그건 환상적인 신기루보다는 슬픈 환영에 가까웠다. 환영은 점점 더 나를 숨 막히게 했고 내 영혼을 갉아먹었다. 영원할 수 없는 것은 물론이고 내 영혼까지 좀먹는 환영을 계속 붙잡고 있어야 하는 이유가 있을까? 그런 생각이 드는 걸 보면 이제는 정말 놓아 버릴 때가 된 건지도 몰랐다. 그래서 메시지를 보냈다. 그만하자고, 이제 그만 헤어지자고.

"그 메시지 진심이야?"

은호는 믿을 수 없다는 말투였다. 자신을 시험하기 위해 그런 메시지를 보낸 건 아닌지 의심하기까지 했다. 그 애를 시험하기 위한 건 아니지만 100% 진심이었다 확신할 수도 없었다. 그 애가 변한다면, 나를 업신여기거나 홀대하지 않는다면, 예전처럼 나를 사랑해 준다면…… 나는 그 애와 헤어지고 싶지 않을 것 같다. 그 애 옆에 있고 싶을 것 같다.

"새아야, 그러지 마. 내가 잘못했어. 다신 안 그럴게."

은호가 갑자기 태도를 바꾸었다. 조금 전 싸늘한 눈빛으로 나를 의심하던 사람은 온데간데없었고, 그 애는 오로지 내 마음을 돌리려는 가련한 남자처럼 보였다. 이건 또 무슨 속임수일까 두려우면서도 다른 마음이 들었다. 내가 연락하지 않는 동안 자신을 돌아보고 반성한 건 아닐까? 마지막으로 한 번만 더 그 애를 믿어 줘야 하는 게 아닐까?

혹시나 하는 기대들이 마음을 어지럽히는 동안 은호 눈빛은 다시 한번 변했다. 나를 향한 그 애의 인내심은 단 5분을 넘지 못했다.

"이 정도 했으면 된 거 아냐? 대충하고 넘어가자."

은호 잇새에서 꾹꾹 눌려서 나오는 한 마디 한 마디는 내 가슴에 비수처럼 꽂혔다. 살의와 적의가 가득한 날카로운 눈빛은 나를 바짝 몰아세웠다. 언젠가 본 적 있는 그 눈빛에 나는 얼어붙어 버렸다. 내 뺨을 후려치던 그 날에 본 바로 그 눈빛이었다.

이제야 분명히 알겠다. 은호에게 나는 아무것도 아닌 하찮은 존재였고, 그 애는 나를 사랑하지 않는다. 그 사랑은 아주 오래전에 끝났거나 어쩌면 처음부터 없었는지도 모르겠다. 인정하고 싶지 않던 그 사실을 나는 이렇게야 마주하고 말았다.

"이제 우린 진짜로 끝났어."

"누가 그래? 내가 끝났다고 하기 전까진 아니야."

은호는 끝까지 주도권은 자기에게 있다고 믿었다. 그 애가 뭘 믿든 이제는 나와 상관없는 일이었다. 모르는 사람인 척 스쳐 지나가면 그만이라 생각했다. 옆으로 비켜 서려는 나를 은호가 막아섰다.

"우리 처음 만난 날 기억나?"

은호는 등 뒤에 감추고 있던 손을 내 앞에 들이밀었다. 그 애는 투명한 포장지로 싼 빨간 장미 한 송이를 내 손에 억지로 쥐여 줬다. 언젠가 교문 앞에서 받았던 것과 꼭 같은, 무자비한 폭언이 난무하던 날들과 내 뺨을 후려치던 날들에 받았던 것과 꼭 같은, 그 꽃이었다.

"기억 안 나."

그건 사실이 아니었다. 그날을 너무도 또렷이 기억하고 있다. 수백 번 수천 번 그날을 생각한다. 그날 내가 그 장미꽃을 받지 않았더라면, 그 꽃이 마법 지팡이라는 허황한 믿음을 갖지 않았더라면. 그 애를 좋아하지 않았더라면, 사랑하지 않았더라면. 그랬더라면…….

"난 더 할 말 없어. 그만 갈게."

"잠깐만, 새아야. 우리 다시 시작하자. 그때처럼 아름답게. 응?"

아름답다는 말이 이렇게 소름 끼치는 것인지 예전엔 미처 몰랐다. 은호 입을 거치면 내가 알던 설레고 아름다운 말들이 잔인하고 끔찍한 어떤 것처럼 느껴졌다. 귀엽다는 말이, 예쁘다는 말이, 사랑한다는 말이 그랬다. 그런 말들과 함께 그 애가 저질렀던 온갖 야만스럽고 모진 일들이 생생하게 되살아났다. 더 참혹한 건 이런 순간에도 그 애를 사랑했던 날들 역시 선명하게 떠오른다는 거였다.

"그러지 마. 우리가 끝났다는 건 네가 더 잘 알잖아."

"안 끝났다니까. 내가 널 얼마나 사랑하는데."

은호가 두 손으로 내 어깨를 꽉 누른 채 흔들었다.

거짓말. 은호에게 필요했던 건 자신을 더 돋보이게 해줄 누군가였다. 모든 것을 다 갖춘 그 애에게 여자 친구의 외모나 성적 같은 건 오히려 중요하지 않았다. 자신에게 없는 것이나 가지지 못한 것을 가진 여자가 필요했다. 그 여자로 인해 자기의 위상이 달라질 거라 생각했기 때문이다. 나와 사귀었던 것도 같은 이유에서였다. 착하고 정의로운 '지하철 선행 여중생' 타이틀을 가진 나를 만난다면 본인 역시 남들에게 착하고 정의로운 사람으로 비칠 터였다. 동시에 자신의 가치와 위상 또한 더 높아질 거라 믿었다.

사람들이 나를 비난했을 때조차 은호는 자신이 돋보일 방법을 찾았다. 나를 감싸 주면서 세기의 로맨티스트로 남는 것. 그것이 그 애가 찾은 방법이었다.

"제발 그만하자."

"너나 좀 그만해! 이 정도면 자존심 좀 세워지지 않았어? 너 나 사랑한다며? 그럼 이걸로 그냥 퉁쳐."

은호가 더는 못 참겠다는 듯 소리를 질렀다.

나는 정말로 은호를 사랑했을까? 평범하기만 한 게 지겨웠던 나는 특별해지고 싶었고, 빛나고 싶었다. 은호는 워낙에 태생부터 빛나는 애였기에 그 애 옆에만 있어도 빛날 수 있을 것 같았다. 그렇게 빛나는 사람이 되고 싶었고, 사람들이 부러워하는 존재가 되고 싶었다. 그렇다고 그런 것들을 위해 그 애를 이용한 건 아니었다. 그 애를 진심으로 좋아했고, 온 마음으로 사랑했다. 그 진정한 사랑이 여느 드라마에서처럼 결국은 우리에게 해피 엔딩을 선사할 거라 믿었다. 나는 정말 그렇게 믿었다.

"마지막으로 말할게. 잘 들어. 우린 끝났어, 완전히."

"주제를 좀 알아. 거짓말쟁이에 바람까지 피운 너를 내 여자 친구로 남게 해 주겠다잖아."

은호는 그게 얼마나 대단한 일인지 알아야 한다는 듯 거만하게 굴었다. 서은호의 여자 친구. 많은 여자가 선망하고 한때는 내가 집착했던 타이틀임에는 분명하다. 그렇지만 이제는 미련 없이 내놓고 떠나야 하는 것이 바로 그 자리였다. 그것과는 별개로 분명히 해야 할 것도 하나 있었다.

"난 거짓말쟁이도 아니고 바람도 안 피웠어."

"그게 뭐? 사람들은 그게 진짠지 아닌지는 관심도 없어."

"그래도 아닌 건 아니야."

"너 아직 정신 못 차렸구나? 제3의 동영상으론 부족해? 제4, 제5의 동영상까지 만들어 줘야 알겠어?"

순간 할 말을 잃었다. 내 생각이 잘못된 것이길 빌었다. 은호가 그렇게까지 했을 리는 없다고 믿고 싶었다. 우리 사이는 끝났지만 한때 내가 좋아했던 사람이 그렇게까지 막장은 아니길, 그런 비열한 짓까지는 저지르지 않았길 바랐다.

"몰랐던 거야? 주제만 모르는 줄 알았더니 눈치까지 없네."

내 표정을 살핀 은호가 비릿한 웃음을 흘렸다.

"이제라도 알았으면 정신 차리고 하자는 대로 해."

은호는 다시 연락하겠다는 말을 남기고는 천천히 돌아섰다. 얼굴은 물론이고 몸짓 하나하나에서 자신이 이겼다는 만족감과 거들먹거림이 느껴졌다.

멀어지는 은호의 뒷모습을 바라보며 이를 악물었다. 제3의 동영상으로 나를 벼랑 끝으로 내몬 게 누구인지 너무도 분명했다. 한때 내 모든 것을 걸고 사랑했던 바로 그 남자가 그 졸렬한 짓의 범인이었다. 그건 그 애가 나에게 저지른 그 어떤 나쁜 짓보다 더 야비하고 비겁했다.

"너도 언젠간 후회하게 될 거야. 반드시."

장미꽃을 감싼 포장지를 꽉 움켜쥐었다. 장미 가시가 손바닥을 파고들어 죽을 것처럼 아팠다. 고개를 숙이자 가시에 찔린 손바닥보다 장미꽃이 먼저 눈에 들어왔다. 새빨간 장미꽃은 탐스럽기 그지없었다. 붉디붉은 빛에 눈이 시려 두 눈을 질끈 감아 버렸다.

16. 내 손으로 내 일을 해결하는 것

　약속 시각보다 조금 일찍 정자에 도착했다. 용자가 언제쯤 나타날까 생각하며 정자 주변을 어슬렁거렸다. 그녀가 정말 오긴 올지, 만나면 무슨 말부터 해야 할지 생각이 많았다. 고개를 드니 정자 옆 담장 아래로 피어 있는 장미꽃이 눈에 들어왔다. 해가 비추지 않는 탓에 8월인데도 장미는 시들지 않고 여전히 만발한 채였다. 작은 꽃송이들은 서로에게 기대어 옹기종기 피어 있었다.

　"진짜 예쁘지 않아요?"

　누군가가 한 말에 나는 자연스레 손에 든 장미꽃을 내려다봤다.

　"그거 말고 이쪽요."

　말을 건 사람은 장미 덩굴에 핸드폰 카메라를 들이밀

었다. 몇 번인가 찰칵 소리가 난 후 여자는 내 쪽으로 얼굴을 돌렸다. 귀 바로 아래에서 똑 떨어지는 단발머리를 한 여자는 커다랗고 짙은 선글라스를 쓰고 있었다. 얼굴은 잘 보이지 않았지만 어디선가 본 듯한 느낌이 드는 여자였다.

"용자…… 님?"

여자가 고개를 끄덕이며 입꼬리를 살짝 올렸다.

"정새아 씨?"

용자는 카페 닉네임이 아닌 내 진짜 이름을 정확히 불렀다. 나에 대해 알고 있을 거라는 생각은 했지만 추측이 현실이 되자 당황스러움과 두려움이 동시에 느껴졌다.

"저를…… 아세요?"

"지하철 선행 여중생 모르는 사람도 있나요? 얼굴 보니까 딱 알겠는데."

"원래 알고 있던 건 아니고요?"

그 말을 끝으로 두말하지 않고 뒤돌아섰다. 내가 상상하던 용자는 이런 사람이 아니었다. 그녀는 멋짐이 철철 흘러넘치고 용기로 똘똘 뭉친 당찬 사람이어야 했다. 기억하고 싶지 않은 내 모습을 들춰내 농담거리로 삼는 사람이어서는 안 됐다. 이런 사람이라면 들을 말도 듣고 싶은 말도 없었다. 민주 말대로 처음부터 나오지 말았어야 했는지도 모르겠다.

"기분 나빴어요? 미안해요."

용자는 빠른 걸음으로 내 앞으로 다가왔다. 바짝 붙어 서자 용자가 나보다 두 뼘쯤 더 크다는 걸 알 수 있었다.

"첨 보는 거라 어색할까 봐 분위기 좀 풀어 보려고 그런 건데. 내가 생각이 짧았어요."

용자는 다시 한번 미안하다며 내 손목을 잡았다. 손을 뿌리치려는데 그녀의 손목에 그어진 자국이 눈에 들어왔다. 실처럼 가느다란 붉은 자국은 한두 개가 아니었다. 내가 멈칫거리는 사이 용자는 나를 잡았던 손을 놓고는 천천히 선글라스를 벗어 들었다. 쌍꺼풀이 진하게 진 왼쪽 눈 옆으로 깊게 팬 상처가 보였다. '어스'에 올라온 사진에서 자주 본 모습과 너무도 비슷한 상처들이었다. 그 상처들은 어떤 말보다 더 강한 힘으로 나를 붙잡았다. 차마 그냥 지나칠 수 없게 만들었다.

나는 조용히 장미 덩굴 앞에 놓인 벤치에 가서 앉았다.

"그만 좀 봐요. 이런 거 처음 보는 것도 아니면서."

용자는 시선을 피하며 내 옆자리에 앉았다. 이제 그만 봐야지 생각하면서도 용자에게서 눈이 떨어지지 않았다. 그 상처로 인해 그녀가 받았을 고통과 아픔이 고스란히 전해지는 듯했다.

"실은 부탁이 있어서 보자고 했어요."

용자가 고개를 돌려 나를 똑바로 바라봤다. 내가 들어줄 수 있는 거라면 어떤 것이든 들어주고 싶었다. 하지만 그 전에 먼저 물어봐야 할 게 있었다.

"내가 누군지는 어떻게 알았어요?"

"왜 몰라요? 장미 님을 카페에 초대한 게 난데."

'어스'는 비공개 비밀 카페였다. 카페 회원 중 누군가의 초대를 받아야만 가입할 수 있었다. 비슷한 일을 당한 사람들만 회원으로 받았기 때문이다. 나 역시 회원 자격은 충분했지만 내가 그런 일을 당했다는 걸 아는 누군가의 초대가 필요했다. 용자가 나를 초대했다는 건 내가 당한 일을 알고 있다는 얘기였다.

"내가 그렇다는 건 어떻게 알았어요?"

"우연히. 쓰레기 처리장 뒤에 있는 라일락 언덕을 찍으러 갔었거든요."

"설마…… 동영상을 찍은 사람이 용자 님이에요? 그걸 보낸 사람도 용자 님이고? 왜요? 왜 그런 거예요?"

흥분한 나와는 달리 용자는 내 물음에 하나하나 차분히 대답했다. 그녀가 동영상을 찍은 건 아까 말한 것처럼 순전히 우연이었다. 라일락 언덕에 가기 위해 쓰레기장 앞을 지나가다 그 장면을 본 거라고 했다. 내가 은호에게 뺨을 맞는 그 장면을.

"어떡할까 고민할 틈도 없이 동영상 촬영을 했어요. 서은호라는 걸 알아보니까 앞뒤 따질 겨를이 없더라고요."

용자는 경험으로 알고 있었다. 어떠한 증거라도 가지고 있어야 한다는 것을. 그래야지만 서은호에게 당하는 여자를 도울 수 있고, 자신도 지킬 수 있었다.

"생판 모르는 나를 왜 돕고 싶었단 거예요?"

용자가 나를 지그시 바라보았다. 입술이 몇 번이나 움찔거렸지만 끝내 그녀는 대답하지 않았다. 아직 궁금한 게 더 있었기에 일단 다음 질문으로 넘어가기로 했다.

"그럼 용자 님을 지킨다는 건 무슨 뜻이에요? 뭐로부터 지켜요?"

용자는 역시나 대답을 망설였다. 이러다가는 어떤 대답도 듣지 못할 것 같았다.

"계속 이러면 저도 도와드리기 힘들어요. 저한테 부탁할 게 있다면서요."

내가 어깃장을 놓자 결국에는 용자도 입을 열 수밖에 없었다. 그렇다고 단박에 대답이 나오지는 않았다. 그녀는 큰 결심을 한 듯 결연한 표정으로 힘겹게 입을 열었다.

"서은호로부터요."

"그게 무슨……?"

선뜻 이해가 가지 않았다. 나라면 몰라도 왜 용자가 서은호로부터 자신을 지킨다는 것일까? 다른 말이 나오기를 기다리며 용자 얼굴을 바라봤지만 그녀는 더는 아무 말도 하지 않았다. 그저 눈물이 아른거리는 눈동자로 나를 바라볼 뿐이었다. 잔물결에 반짝이는 눈동자를 보자 누군가의 얼굴이 떠올랐다. 커다란 눈망울이 어찌나 영롱한지 렌즈를 낀 것처럼 반짝이는 아이, 많은 여자의 부러움과 질투를 한몸에 받았던 그 아이. 바로 서은호의 첫사랑이었다.

"윤…… 다희?"

내 입에서 나온 그 이름에 용자는 눈을 동그랗게 떴다. 그러더니 곧 씁쓸한 웃음을 지어 보였다.

"하긴 내 사진도 여기저기 많이 퍼졌으니까."

귀 아래로 짧게 자른 머리 때문에 인상이 약간 달라 보이긴 했지만 분명 윤다희였다. 그녀와 은호가 같이 찍어서 SNS에 올렸던 사진 몇 장이 영화의 한 장면처럼 머릿속을 스쳐 지나갔다. 누구보다 환하게 빛나던 그녀 모습이 눈에 선했다. 그랬던 그녀가 지금은 손목과 눈가에 남은 상처를 안고 내 옆에 앉아 있었다.

"어스에 올린 사진들…… 서은호 짓이에요?"

"네, 맞아요. 사랑해서 그랬다니 정말 대단한 사랑이

었죠."

다희는 우는 건지 웃는 건지 모를 묘한 표정을 지었다. 한기가 느껴지면서 팔뚝에 오소소 소름이 돋아났다. 시도 때도 없이 느껴지는, 긴팔 카디건도 막지 못하는 한기였다.

사랑해서 그런다는 그 말. 나 역시 은호에게 귀에 딱지가 앉도록 듣던 말이었다. 그 말은 그 애가 나에게 행하는 모진 말과 행동을 견디게 해 주는 주문 같은 거였다. 그래, 은호는 나를 사랑해. 진짜 사랑해서 그러는 거야. 그렇게 믿고 또 믿었다. 그랬던 적이 있었다.

"실은 저는 동영상을 찍어만 두려고 했어요. 근데 말자 님 권유로……."

"제 친구 말자요? 걔를 어떻게 알아요?"

민주 입에서 말자 이름을 들었을 때와는 또 다른 마음의 동요를 느꼈다. 그건 내 앞에 있는 여자가 윤다희라는 사실보다 더한 충격으로 다가왔다.

"동영상을 찍기 한참 전에 SNS로 연락이 왔어요. 알고 싶은 게 있는데 제 도움이 필요하다고."

처음에 다희는 말자의 연락을 무시했다. 모든 연락처를 바꾸고 SNS 계정도 비공개로 돌린 지 오래였다. 말자가 연락한 계정은 가입만 해 두고 사용은 안 하는 것이었기에 그것을 통해 연락이 온 게 신기하긴 했지만 그게 다였다. 다희는 누구와도 소통하거나 연락할 마음이 없었다.

"그러다 다신 연락하지 말아 달라고 답장을 보냈어요. 답을 안 하면 계속 연락할 것 같더라고요. 그때 장미 님 얘기를 들은 거죠. 정확하게는 말자 님 친구 얘기를요."

말자는 서은호가 뭔가 이상하다며 다희에게 이것저것 물어봤다. 다희는 대충 대답만 해 주되 자신이 당한 일은 말하지 않을 작정이었다. 누구라도 그랬을 것이다. 그런 일을 다른 사람에게 말하기란 쉽지 않은 법이었다.

"근데 듣다 보니 가만히 있을 수 없겠더라고요. 말자 님이 너무 걱정하기도 했고, 친구분이 언젠가는 저처럼 당할 것도 같았고……."

다희의 마음을 움직인 건 말자였다. 말자는 내 일을 알고만 있던 게 아니라 자기 나름대로 도와줄 방법까지 찾고 있었던 것이다. 그런 것도 모르고 나는 말자와 민주에게 내 상황을 숨기기에만 급급했다. 친구들이 내 일을 알게 되는 게 창피하고 자존심 상하는 일이라고만 생각했다. 정말 왜 그렇게 바보같이 굴었을까?

당장에라도 말자에게 달려가고 싶었다. 미안하다고 내가 너무 바보 같았다고 말해야 했다. 다희와 헤어지자마자 해야 할 일이 생겼다.

"아까 생판 모르는 장미 님을 왜 돕고 싶었냐고 물었죠? 말자 님 때문이기도 하지만 더 큰 이유는 죄책감 때문이에요. 그놈한테 처음 당했을 때 내가 뭔가 했더라면 나 하나로 끝났을지도 모르는데…… 내가 아무것도 안 하고 도망쳐 버려서 장미 님까지 당한 거란 생각이 들어요."

다희는 자신이 어리석었다고 했다. 은호의 잔혹한 행동은 절대 한 번으로 끝나지 않았고, 자기 하나로도 끝나지 않았으니까. 언젠가 그녀가 댓글에 썼던 말이 떠올랐다. 폭력도 습관이라던 말이었다.

"아뇨. 용자 님이 죄책감을 가질 건 아니에요. 내가 멍청했어요. 나만 잘하면 모든 게 좋아질 거라고 생각했거든요. 그렇게 믿은 내 잘못이에요."

"장미 님 잘못도 아니죠. 좋아해서 그런 거잖아요. 그런 감정을 이용하고 짓밟은 사람이 나쁜 거죠."

다희는 그런 놈들은 언제나 상대를 짓밟을 구실을 찾기 마련이라고 했다. 지금 생각해 보니 그녀 말이 맞았다. 은호는 항상 말했다. 내가 당할 만해서 당하는 거라고, 당할 이유를 제공한 건 나니까 당해도 싸다고. 나는 그 말을 도무지 이해할 수도 받아들일 수도 없었다. 은호가 나를 모욕하거나 막 대하는 건 그런 것과는 전혀 상관없어 보였다. 그런 건 오로지 그 애의 기분에 따라 행해지는 일들이었다.

"장미 님은 지금이라도 알았으니 그나마 다행이에요. 나중에는 지금과는 비교도 안 될 만큼 심해졌을 테니까."

은호가 다희에게 행한 폭력은 습관적이었으며 강도는 점점 더 세졌다. '어스'에 그녀가 올린 사진만으로도 충분히 알 수 있는 사실이었다. 배꼽과 허리를 뒤덮은 멍이 너무 진해서 깊이를 가늠할 수 없는 바다처럼 보였던 사진. 나를 집어삼켰던 그 사진은 그녀의 것이었다.

"어쩔 생각이에요?"

"계획대로 해야죠. 그 인간의 모든 악행을 폭로할 거예요."

다희는 그 일 때문에 많은 걸 잃었다고 했다. 정신적 충격으로 하도 병원에 들락거려 제대로 학교에 다닐 수 없었고, 친구도 사귈 수 없었다. 자신이 등신 같아서 당했다는 자책감에 자살 시도도 여러 번 했다.

"말자 님이 도와주셔서 저도 용기를 냈어요."

다희는 핸드폰에 저장된 받은 파일 몇 개를 보여 줬다. 다희가 모은 자료를 말자가 PPT며 슬라이드, 동영상 등으로 만든 거였다. 자신의 특기를 제대로 살린 말자다운 도움이었다.

"이젠 내 잘못이 아니란 걸 아니까 좀 더 당당해지려

고요. 그러려면 장미 님 도움이 필요해요."

다희는 내 동영상을 사용하고 싶다고 했다. 서은호가 저지른 '모든 악행'에 나에게 한 짓도 포함하고 싶다는 얘기였다. 나에게 한 짓이 그 애 악행에 포함되는 건 맞지만 그렇다고 동영상 공개를 쉽게 결정할 수는 없었다.

"물론 힘들다는 거 알아요. 그렇다고 가만히 있어선 안 돼요. 장미 님 다음엔 또 누굴까요? 다른 사람이 또 당하면 안 되잖아요. 동영상 쓰는 것만 허락하시면 나머진 알아서 할게요."

"동영상을 쓰게 해 주고 말고의 문제가 아닌 것 같아서 그래요."

다희가 하려는 일이 절대 쉽지 않을 거라는 사실도 마음에 걸렸다. 그 일 끝에 기다리는 게 그녀가 원하던 답이 아닐 수도 있었다. 오히려 본인이 더 손가락질을 받는 상황이 될지도 몰랐다. 그건 진실이 무엇인지와는 상관없는 문제였다. 그런 상황이 되면 지금보다 더 아프고 힘들 게 뻔했다. 그걸 알기에 그녀에게 그 동영상을 쓰라고 선뜻 말할 수가 없었다.

다희를 이해하지 못하는 건 아니다. 원하는 결과가 나오지 않더라도 해야만 하는 일이 있다는 걸 나 역시 알고 있다. 이 일 역시 마찬가지였다. 어떤 결과가 기다리고 있든 누군가는 해야 할 일이었다. 그녀 말대로 다른 피해자가 나오지 않도록 은호를 막아야 했다. 그렇다고 그녀가 내 짐까지 짊어져야 하는 건 아니었다. 그건 반칙이다.

"좋아요. 용자 님은 용자 님 거에만 신경 써요. 내 건 내가 할게요."

처음부터 이래야 했다. 이게 맞는 거였다. 그 일은 내가 해야만 하는 거였고, 그에 따르는 책임 역시 오롯이 내 몫이어야 했다. 누군가의 뒤에 숨거나 누군가에게 내 짐을 떠맡겨서는 안 될 일이었다. 내 손으로 내 일을 해결하는 것. 이게 바로 그 일의 시작이었다.

"정말요? 괜찮겠어요?"

"안 괜찮을 거예요, 아마."

사람들이 동영상의 존재를 알게 될까 봐 벌벌 떨던 날들을 또렷이 기억한다. 지금 역시 그랬다. 은호에게 뺨을 맞는 모습 같은 건 혼자만 아는 비밀로 묻어 두고 싶었다.

"그래도 더는 안 숨을 거예요."

숨는다고 해결되는 건 아무것도 없었다. 오히려 사람들은 나를 더 비웃고 손가락질했다. 그런 걸 알면서도 아무 말 하지 못하고 숨어 버렸던 건 어차피 변하는 건 없다고 생각했기 때문이다. 하지만 아무리 생각해 봐도 숨고 싶어야 하는 건, 두려움에 떨어야 하는 건 내가 아니었다. 그 일에 대한 대가를 치러야 할 사람 역시 나는 아니었다. 사람들에게 알려질까 두려워하며 자신의 모든 악행을 짊어지고 가야 하는 건 바로…… 서은호였다.

"맞아요. 장미 님이 숨을 일은 아니죠. 그렇지만 장미 님……."

다희 목소리에는 울음이 묻어 있었다. 내가 그녀를 걱정하듯이 그녀 역시 나를 걱정하고 있는 듯했다. 말자나 민주가 아닌 누군가가 나를 걱정하고 염려한다는 사실은 큰 위안이 되었다. 내 편이 하나 더 는 느낌이었고, 조금 더 용기를 내어도 좋다는 허락처럼 느껴졌다.

"걱정하지 말아요. 난 이제 준비됐으니까."

"저도 준비됐어요."

다희가 이번에는 미소를 지었다. 환하게 웃는 그녀가 순간 반짝하고 빛나 보였다. 한낮의 태양 때문인 것 같기도 하고, 그녀 스스로 낸 빛 같기도 했다.

햇볕이 점점 뜨거워졌다. 콧등에 땀이 솟아나는가 싶더니 이내 흘러내리기 시작했다. 입고 있던 검은색 긴팔 카디건을 벗어 들었다.

"반짝반짝 노란 별 같네요. 반짝이진 않지만."

다희가 내 팔뚝을 가리켰다. 고개를 숙여 은호가 거센 악력으로 꽉 움켜쥐었던 흔적들을 내려다봤다. 파랗던

멍은 까매지더니 어느새 노랗게 변해 있었다.

"시간이 지나면 사라질 거예요."

노란 얼룩을 손끝으로 쓸어내렸다. 여러 번 겪어 본 바에 의하면 그랬다. 짙고 푸른 멍은 몇 번이고 다른 색으로 변하다 흔적도 없이 사라지곤 했다. 절대 그곳에 타격을 받은 적이 없다는 듯, 절대 누군가가 그곳을 움켜쥔 적이 없다는 듯.

"멍이 사라지기만 하면 끝일까요?"

다희는 내 팔뚝에서 눈을 떼지 못했다.

"아마 아닐 거예요."

멍은 사라져도 마음에 생긴 생채기는 그러지 못했다. 생채기는 멍과 달랐다. 멍이 다른 색으로 변하듯 상처 역시 시시각각 다른 형태로 변했지만 절대 완전히 사라지지는 않았다.

"그걸 다 지워 내려면 얼마나 걸릴까요?"

다희가 혼잣말처럼 중얼거렸다. 그건 나도 잘 모르겠다. 그 상처들을 지워 내려면 얼마나 오랜 시간이 걸릴지, 과연 전부 지워 낼 수는 있는 것인지.

"그렇다고 주저앉아 울고만 있을 수는 없잖아요."

다희 손을 힘주어 잡았다. 그 상처가 저절로 지워지기만을 기다리고 싶지도 않았다. 눈물을 닦고 일어나 그 상처를 정확히 마주 보고 스스로 지워 내고 싶었다. 내 방식대로.

"장미 님이 진짜 용자네요."

"다 용자 님한테 배운 거죠."

마주 본 우리는 소리 내어 웃었다. 내일도 우리는 이렇게 웃을 수 있을까? 내일 저녁 6시에 우리는 유튜브에 각자의 동영상을 올리기로 했다. 난 나의 상처를, 그녀는 그녀의 상처를 올리는 것이다. 우리 손으로 직접.

다희는 그동안 쓴 글과 사진, 모았던 자료를 모두 올리기로 했다. 말자가 완벽하게 편집을 끝낸 자료들이었다. 그 안에는 '어스'에 올리지 않은 정말 끔찍한 것들도 많다며 다희가 엷게 웃었다. 용자는 역시 용감한 여자였다.

"우리 내일부터 엄청 바빠지겠네요."

바빠질 거라는 말로 에둘러 표현했지만 우리는 이런저런 이유로 많은 이들에게 시달리며 힘들어질 것이다. 어쩌면 쓸데없이 과한 관심과 질타를 받을지도 모르겠다. 그렇지만 나는 더는 혼자가 아니다. 그렇기에 전보다 조금은 더 씩씩하게 맞설 수 있지 않을까 기대해 본다.

전에는 삶이란 무조건 내 뜻과는 다르게 흘러가는 거라고 생각했다. 지금 생각해 보니 그런 것만은 아니었다. 내 삶은 내가 선택한 조각들이 모여 만들어 낸 결과였다.

내 선택이 조금 더 현명해져서 내 삶이 지금보다 행복한 곳으로 흘러갔으면 좋겠다. 혹시라도 내가 원하지 않는 곳으로 흘러가더라도 이젠 괜찮다. 내가 원하는 곳으로 가기 위해 나는 또 다른 선택을 할 것이고, 결국은 그곳으로 흘러갈 테니까. 지금처럼 말이다.

"내일을 위해 오늘은 푹 쉬어야겠네요. 먼저 갈게요."

벤치에서 일어선 다희가 나에게 손을 흔들었다. 선글라스를 머리띠처럼 얹은 그녀는 콧노래를 부르며 멀어졌다.

다희의 등이 더는 보이지 않을 때쯤 어디선가 날아온 꿀벌이 내 주변을 맴돌았다. 윙윙대는 꿀벌은 내 손에 들린 장미꽃을 기웃거렸다. 나는 그때까지도 투명한 포장지를 꽉 움켜쥐고 있었다.

어느 순간 꿀벌은 내 손에 들린 것에 흥미를 잃은 듯 다른 쪽으로 방향을 틀었다. 꿀벌을 따라 눈을 돌린 곳에는 장미 덩굴이 드리워져 있었다. 서로에게 기대어 옹기종기 핀 작은 꽃송이들이 눈에 들어왔다. 꿀벌은 그 작은 꽃송이들 사이를 분주하게 오갔다. 꿀벌 덕분에 저 작은 꽃송이들은 다른 곳에서도 꽃을 피울 테지. 그 꽃송이들도 서로에게 기대어 옹기종기 피어날 것이다. 작은 장미 꽃송이도 꿀벌도 눈이 부셨다.

"그러네. 정말 예뻐."

이제는 진짜 예쁜 게, 눈이 부신 게, 아름다운 게 뭔지 알 것 같다. 더는 어리석은 사랑에, 잔인한 그 애에게, 아름다움을 가장한 이 장미에 휘둘리지 않으리라.

투명한 포장지를 꽉 움켜쥐었던 손에 힘을 풀었다. 반지르르하고도 새빨간 장미꽃을 벤치 위에 내려놓고는, 나는 돌아섰다.

작가의 말

세상의 모든 새아와 다희, 말자, 민주에게.
그리고 그들이 아닌 또 다른 누군가, 당신에게도.
반짝반짝 빛나도, 빛나지 않아도 괜찮다.
부디 당신의 장미를 벤치 위에 내려놓고
돌아설 수 있기를…….

2020년 늦은 가을
붉디붉은 장미가 사라진,
낙엽이 내려앉은 벤치에서.

그놈의 장미

- SNS 폭력과 데이트 폭력에 맞선 한 중학생 이야기 -

초판 1쇄 | 2020년 12월 10일

지은이 | 박효명
디자인 | g design
편 집 | 강완구
펴낸이 | 강완구
펴낸곳 | 써네스트
출판등록 | 2005년 7월 13일 제2017-000293호
주 소 | 서울시 마포구 망원로 94, 203호
전 화 | 02-332-9384   팩 스 | 0303-0006-9384
이메일 | sunestbooks@yahoo.co.kr
ISBN 979-11-90631-15-0 03810 값 12,000원

이 도서의 국립중앙도서관 출판사도서목록(CIP)은 e-CIP 홈페이지 (http://www.nl.go.kr/ecip)와 국가자료 공동목록시스템(http://www.nl.go.kr/kolisnet)에서 이용하실 수 있습니다. (CIP제어번호 : CIP2020027217)